A TEORIA DAS JANELAS QUEBRADAS

DRAUZIO VARELLA

A teoria das janelas quebradas

Crônicas

Companhia Das Letras

Copyright © 2010 by Drauzio Varella

Grafia atualizada segundo o Acordo Ortográfico da Língua Portuguesa de 1990, que entrou em vigor no Brasil em 2009.

Capa
warrakloureiro

Imagem de capa
© Roc Canals Photography/ Getty Images

Preparação
Márcia Copola

Revisão
Marise Leal
Angela das Neves

Dados Internacionais de Catalogação na Publicação (CIP)
(Câmara Brasileira do Livro, SP, Brasil)

Varella, Drauzio
    A teoria das janelas quebradas : crônicas / Drauzio Va-
rella. — São Paulo : Companhia das Letras, 2010.

    ISBN 978-85-359-1694-2

    1. Crônicas brasileiras I. Título.

10-05406   CDD-869.93

Índice para catálogo sistemático:
1. Crônicas : Literatura brasileira 869.93

[2010]
Todos os direitos desta edição reservados à
EDITORA SCHWARCZ LTDA.
Rua Bandeira Paulista, 702, cj. 32
04532-002 — São Paulo — SP
Telefone (11) 3707-3500
Fax (11) 3707-3501
www.companhiadasletras.com.br

Sumário

Um chope gelado 9
Conversa de botequim 12
O sobrevivente 16
As leis do Crime 19
Luizão, o bem-amado 22
Na catraca do metrô 26
Noite inesquecível 30
O homem que virou santo 33
O negociador 37
Paulo Preto 41
Seu Araújo 44
Solidão bandida 47
Homens que são mulheres 50
Vida de ladrão 54
Um vulto de mulher 58
A moça do avião 61
Uma rua em Hanói 64

A sabedoria do velho Tibúrcio 67

Viagem ao passado 71

Seu Nicola 74

O taxista 77

Coração amargurado 80

Sete Dedos, Meneghetti, Promessinha 83

Acontecimentos inesquecíveis 86

Os sabiás de São Paulo 90

Salva de palmas 93

De pernas para o ar 97

Armadilhas cibernéticas 100

Vicissitudes aeroportuárias 103

A preguiça humana 106

A agonia da espera 109

De terno e gravata ou revólver na mão 112

Beco sem saída 116

Cidade Maravilhosa 119

A condição humana 122

Coração e futebol 125

A cultura dos chimpanzés 128

Desencontros sexuais 132

As estrelas que o deputado viu 136

Dinheiro marcado 140

Éramos todos negros 143

A força do pensamento 146

O flamboyant da Doutor Arnaldo 149

Estratégias sexuais 153

A teoria das janelas quebradas 157

Lei seca no trânsito 160

Macacos intelectuais 163

Maconheiro velho 166

A trajetória da cocaína 169

Óleo de rícino 172

Instinto materno 176

Por acaso, a vida 180

Textos apócrifos 183

As grandes e as pequenas tragédias 187

Panaceias modernas 190

Gemei neste vale de lágrimas 193

Restrição do espaço e violência 197

Código pirata 201

As cinco teorias de Darwin 205

Novo ano 209

Bem-vinda 212

Imagens de Mianmar 215

Procedimentos medievais 218

A intuição da minha avó 221

O sexo frágil 224

Um chope gelado

Chego a sonhar com um pouco de tempo livre. Não precisava muito, bastariam algumas horas à toa sem sentir que estou cabulando aula, prejudicando algum cristão ou cometendo um pecado capital. Hoje em dia, o trabalho parece uma draga que, quanto mais terra abocanha, mais encontra para cavar.

Nos anos 60, assisti a um debate na USP sobre o destino que o homem do ano 2000 daria ao tempo livre. Os debatedores partiam da suposição de que na virada do século as máquinas fariam o trabalho com tanta eficiência, que quatro horas seriam suficientes para a jornada do trabalhador. Nessas condições, como evitar que a ociosidade o levasse ao alcoolismo, à angústia das especulações existenciais e ao suicídio?

É possível imaginar previsão mais equivocada?

Anos atrás comprei um fax. Quando dei conta, acordava mais cedo para ler os rolos de mensagens que chegavam uma atrás da outra. Vieram o computador e o celular conectado à internet, e me transformei num ser "on-line", verdadeiro ambiente ambulante que instala seu inferno particular onde quer que se encontre.

Antes que você, leitor, imagine que ouvirá uma daquelas apologias da vida na época das cavernas, deixo claro que entre meus defeitos não está o de ser saudosista e que o desabafo acima é simples preâmbulo à história que se segue.

Quando entrei na faculdade, ouvi falar das habilidades cirúrgicas de um colega que tinha acabado de completar a residência médica. Corria a fama de que operava mais depressa e com técnica mais acurada do que muitos professores, além de se relacionar de forma solidária com os pacientes mais humildes, qualidades que nem sempre caminham pela mesma estrada.

Não cheguei a conhecê-lo nem tive notícias de seu paradeiro por mais de dez anos, até o dia em que falamos por telefone pela primeira vez. Queria que eu orientasse o caso de uma senhora que ele havia operado de um tumor maligno disseminado em ambos os pulmões.

Foi o início de uma parceria profissional que durou quinze anos.

Seu consultório ficava na avenida Celso Garcia, via de acesso para a populosa Zona Leste. Cobrava preços módicos de sua clínica formada por pequenos comerciantes, operários especializados, trabalhadores autônomos e suas famílias. Começava a operar às cinco da manhã, para conseguir dar conta das consultas que o aguardavam a partir da uma da tarde.

Quando precisávamos discutir algum caso, esperava para chamá-lo depois de terminar minhas consultas, às nove da noite: não havia risco de que ele tivesse ido para casa. Numa época em que os cirurgiões com clínicas nos bairros de classe média alta se queixavam da falta de clientes particulares, eram raros os dias em que não tinha duas ou três cirurgias marcadas.

Os pacientes se referiam a ele com admiração, e relatavam

casos pessoais ou de entes queridos tratados com abnegação e competência.

Sempre me impressionou a acuidade com que analisava os quadros clínicos e as linhas gerais da personalidade dos pacientes, bem como a presteza da memória quando descrevia achados operatórios e resultados de exames laboratoriais de tão vasta clientela.

Num fim de tarde perto do Natal, ele me ligou:

— Trabalhando com esse calor?

— Achou que eu estaria onde? — respondi.

— Tomando um chope bem gelado.

— Se tivéssemos juízo, é o que deveríamos fazer — observei.

— Há quinze anos, nós nos falamos pelo menos uma vez por semana sem nos conhecermos pessoalmente. Se passarmos na rua um pelo outro, seguiremos adiante. Você, para mim, é uma voz de barítono.

— Absurdo, não? Por que não nos encontramos um dia desses para tomar chope e nos apresentarmos?

Combinamos fazê-lo assim que passassem as festas.

Desde então, voltamos ao assunto em vários de nossos telefonemas, mas nunca dava certo; às vezes por minha culpa, outras por causa dos compromissos dele.

Um dia, no café da manhã, leio no jornal um anúncio fúnebre com seu nome. Mal pude acreditar, tínhamos conversado por telefone dois dias antes.

No velório encontrei alguns colegas de faculdade e muitos de nossos pacientes. Ao lado do caixão, uma mulher de preto, pálida, de óculos escuros, abraçava duas jovens desconsoladas, provavelmente filhas do casal. Meu amigo jazia entre rosas brancas, de terno azul-marinho. Ao contrário do que sugeria a voz grossa, era baixo e magro; tinha sobrancelhas espessas, barba cerrada e a fisionomia tranquila.

Conversa de botequim

Os dois homens encostaram no balcão. Arlindo, o mais gordo, chefe de turno numa firma de segurança, tinha os olhos tristes; o outro, Agenor, mais velho, barnabé da prefeitura, sambista da velha guarda, usava paletó cinza e chapéu de aba curta, à moda da malandragem antiga.

Quando seu Isidoro, o dono do bar, se aproximou enxugando as mãos no avental, Arlindo pediu uma cerveja grande, enquanto o amigo escolheu uma cachaça, por razões filosóficas:

— Que adianta beber cerveja, uísque, conhaque, bebidas caras, se depois de bêbado todo mundo xinga a gente de pinguço?

Do lado de lá do balcão, seu Isidoro quis saber o motivo da tristeza do freguês, homem de índole bem-humorada. Agenor se antecipou ao desabafo do amigo:

— Foi um pequeno entrevero doméstico que fez o rapaz murchar feito crista de galo de despacho.

O funcionário municipal quase aposentado atribuiu a desavença conjugal ocorrida com o parceiro ao comportamento extemporâneo das mulheres, seres impulsivos, incapazes de compreender a racionalidade masculina. Para ilustrar, deu um gole na cachaça, pôs o chapéu de aba curta em cima do balcão, afastou o cabelo das têmporas e exibiu uma cicatriz circular:

— Veja se uma ser humana sensata atiraria, na cabeça do marido que jamais relou um dedo na pessoa dela, um bibelô chinês finíssimo que ele trouxe com todo carinho.

Só porque a esposa havia interpretado mal o relacionamento amistoso entre ele e uma passista da Camisa Verde e Branco, abandonada pelo marido.

Arlindo, por sua vez, era bem casado, pai de duas crianças, mas tinha caído em tentação por causa de uma morena insinuante:

— Ela provocava, mas depois arrefecia.

— Mulher típica — atalhou Agenor.

Finalmente, numa noite de plantão na firma, ele recebeu o bilhete fatídico: "Meu amor, sábado eu folgo no serviço, você me levaria para a Praia Grande? Um banho de mar fará bem para a nossa intimidade".

Arlindo conseguiu dinheiro emprestado, escondeu um calção de banho na maleta de trabalho, inventou que precisava viajar para fazer a segurança de um transporte de valores da firma, tarefa de responsabilidade para o qual o gerente o considerava insubstituível, e aguardou com ansiedade a chegada do sábado. Havia um problema maior, entretanto: não podia se aventurar pela via Anchieta com seu Opala que circulava sem licenciamento fazia mais de três anos.

A única saída foi pedir o Fiat do cunhado e implorar a ele que não revelasse a trama a ninguém; muito menos à sua esposa, mulher de língua solta:

— Chegada num diz que diz que como ela é, estava na cara que ia contar tudo para a irmã.

Desafortunadamente, os acontecimentos posteriores frustraram as expectativas do chefe de turno. Sábado, no local da praia escolhido pela moça, deram de cara com um ex-namorado dela acompanhado por uma loira de maiô de oncinha. Arlindo estranhou:

— Aquilo abalou meu psicológico. Num litoral tão grande, a gente se encontrar bem ali foi excesso de coincidência.

Só não encrencou na hora por ter imaginado que o rival estivesse inocente na armação da ex-namorada.

A fleuma foi de pouca valia. A morena alegou que ele havia ficado com ciúme, tratado o rival com frieza e estragado o clima do passeio. O acesso à intimidade ficava para outro dia.

— Dia de são nunca — acrescentou Agenor.

À noitinha, quando Arlindo chegou em casa, já de posse do velho Opala, a esposa o aguardava na janela:

— Pensei que você vinha de Fiat para me levar para a praia, seu cachorro.

Atento à conversa, seu Isidoro interveio para hipotecar solidariedade ao freguês: as mulheres eram mesmo pérfidas e cheias de artimanhas. Ele próprio tinha vivido um drama passional ao chegar do Ceará e, com a mais pura das intenções, oferecer um ombro acolhedor a uma vizinha que apanhava do marido:

— Era uma mulher de lábios grossos, tipo mignon, sempre de roupa agarrada, cara de sofrida.

Quando se convenceu de que a paixão era mútua, seu Isidoro juntou os pertences num caminhãozinho, esperou o marido da morena sair pela manhã e mudou para o outro lado da cidade com a nova companheira.

A vida não foi fácil para o cearense em Ermelino Matarazzo, na Zona Leste de São Paulo:

— Não tinha sábado nem domingo, trabalhei feito jegue na seca para pagar as prestações do mobiliário, geladeira da hora, fogão quatro bocas, cama com cabeceira dourada, tv com controle remoto. Do bom e do melhor.

14

Depois de seis meses de vida harmoniosa na casa onde nada faltava, decidiram casar de papel passado. Que custava fazer a vontade dela, que declarava morrer de medo de perdê-lo?

Quinze dias antes da data marcada, no entanto, aconteceu o inesperado:

— Cheguei em casa tarde da noite, esfalfado do trabalho, estava tudo escuro. Estranhei. Abri a porta, a luz não quis acender.

Riscou um fósforo e tomou um baque:

— Tinham levado tudo, até o soquete das lâmpadas. Achei que era ladrão. Que nada! A ingrata deixou um bilhete.

Havia fugido com o ex-marido para o interior, e, pior ainda, confessava que aquele homem era o amor da vida dela.

O sobrevivente

Com uma caixa de engraxate amarela pendurada no ombro, o rapaz cruzou a rua em minha direção:

— Não sei se o senhor lembra de mim, mas, quando estive lá, me chamavam de Neguinho de Guaianases, para diferenciar do finado Negão de Pirituba, que era alto e fortão.

Para ser sincero, não me lembrava dele nem do finado, mas, se dizia que estivera lá, pelo menos ficava claro de onde nos conhecíamos. Todo ex-presidiário que encontro pela rua se refere à extinta Casa de Detenção dessa forma, como se trouxesse mau agouro pronunciar o nome do presídio demolido.

— Quanto tempo você cumpriu lá?

— Seis anos.

— Não voltou mais para a cadeia?

— Deus me livre, agora sou trabalhador.

— E dá para viver engraxando sapato?

Explicou que, saindo de casa às sete da manhã e voltando às nove da noite, conseguia tirar quarenta a cinquenta reais por dia, quantia suficiente para pagar os 150 reais do aluguel de um cômodo no Bexiga e as demais despesas fixas. E ainda sobrava para visitar os irmãos em Itaquaquecetuba aos domingos, e para comprar a entrada num forró em Pinheiros de vez em quando e a diária num hotelzinho na saída, nas noites em que os céus ouviam suas preces.

Com a caixa amarela nas costas, percorria dez a quinze quilômetros no encalço da clientela, todos os dias:

— Procuro passar em lugar que junta homem parado: ponto de táxi, porta de bar, restaurante com fila de espera, praça com aglomeração de aposentado. Cobro de acordo com a aparência do cidadão: dois reais se aparentar trabalhador, cinco se tiver cara de rico.

Neguinho foi aluno comportado até os treze anos, quando o primo que mais admirava o convidou para distribuir panfletos no largo da Concórdia. Nessa fase, pegou o gosto por dinheiro, por roupas extravagantes, e conheceu a maconha. Para desgosto do pai, pedreiro em Guaianases, parou de estudar.

Um dia, o primo decidiu abandonar o ramo dos folhetos. Disse que não se conformava com aquela mixaria; tinha nascido para uma vida melhor. Levantou a camisa e exibiu o revólver no cinto:

— Vem comigo, é apontar a arma e pegar o dinheiro.

Neguinho não tinha coragem; dois de seus amigos de infância haviam acabado de morrer num tiroteio na vila. Mas o mais velho insistiu:

— Eu enquadro as vítimas, e você recolhe o dinheiro e os objetos de valor. É só ficar de cabisbaixo para ninguém te reconhecer. Não requer prática nem tampouco habilidade.

Na primeira vez, quando assaltaram uma loja do bairro, tudo se passou como o primo previra. Na partilha, cada um ficou com trezentos reais:

— Nunca tinha visto tanto dinheiro. Deu gosto no bolso.

Comprei blusa para minha mãe, camiseta para o pai, dei dinheiro para os irmãos comprar doce e saí com o primo para gastar na cidade.

Aos dezessete anos foi parar na Febem. Saiu com dezoito, mais esperto e com novas amizades. Juntou-se ao inseparável primo, e formaram uma quadrilha.

Meses mais tarde, o primo foi morto por justiceiros a serviço dos comerciantes locais.

Uma noite, Neguinho e dois comparsas assaltaram um posto de gasolina e fugiram num carro roubado. Cinco minutos depois foram cercados por duas viaturas de polícia. Os policiais gritaram para que jogassem as armas e descessem com as mãos na cabeça. Pensaram em reagir, mas prevaleceu o bom senso do finado Alemão Zaroio:

— Era o mais experiente de nós. Disse que, se a gente atirasse, morria no ato: era três contra oito.

Preso em flagrante, acabou condenado a seis anos e três meses por dois assaltos à mão armada. Nada mau para quem havia praticado mais de trinta.

Na cadeia, adotou uma atitude humilde, estratégia a que atribui a sobrevivência:

— Dos que tinham fama de bandidão, sangue nos olhos, só um escapou vivo.

Quando Neguinho foi libertado, construiu a caixa de engraxate, pintou-a de sua cor favorita e jurou nunca mais pôr os pés num lugar daqueles.

Perguntei se era mais feliz engraxando sapato; ele respondeu com um sorriso:

— Nem compara, doutor. Sabe o que é viver com medo? Qualquer carro que passa, imaginar que os justiceiros vieram para matar? Agora entro num bar, peço uma média com pão e manteiga, e nem olho para ver quem entra.

As leis do Crime

Embora haja quem faça malabarismos intelectuais para provar o contrário, o Crime é uma instituição de direita.

Não pretendo negar que a violência urbana se dissemina com características epidêmicas exatamente nas áreas mais pobres das cidades, nem menosprezar as raízes sociológicas e familiares envolvidas em sua gênese; discutir as causas da violência não é meu objetivo. No entanto, reconhecer que o Crime adota práticas de provocar inveja no fascista mais autoritário é render-se às evidências. Ainda que os produtos comercializados sejam ilícitos, existe exemplo mais gritante de selvageria capitalista do que metralhar concorrentes para tomar-lhes os pontos de venda?

Quando o Crime se organiza, impõe leis próprias destinadas a criar regras de convivência, defender a estrutura de poder e impedir que a barbárie autofágica desintegre suas fileiras, princípios nada distintos dos que norteiam a vida nas sociedades contemporâneas. A diferença é que, ao contrário do emaranhado antiquado de nossa legislação, as leis da bandidagem são claras e rígidas.

O Crime é regido por um código não escrito que prevê todas as situações imagináveis. Não há brechas legais nem margem para interpretações dúbias nem espaço para jurisprudência contraditória. É o certo ou o errado, o isso pode e o aquilo não pode; entre o preto e o branco não existe zona cinzenta.

É incrível que um código oral possa controlar os acontecimentos da vida social com tamanha abrangência. Estuprar, delatar o parceiro, namorar a mulher do companheiro preso e roubar os comparsas na partilha são crimes hediondos. Em dia de visita na cadeia, andar com o segundo botão da camisa desabotoado, passar pelas visitantes sem abaixar a cabeça ou aproximar-se de uma delas sob qualquer pretexto são contravenções menos graves, mas nem por isso perdoáveis.

Em oposição à infinidade de punições que o aparato jurídico convencional pode aplicar, e às atenuantes e agravantes cabíveis em cada caso, são apenas três as penalidades impostas pelas leis do Crime: ostracismo, agressão física e pena de morte. As condenações jamais prescrevem.

Ser relegado ao ostracismo pelos comparsas de rua ou pelos companheiros de cadeia humilha e desterra o sentenciado. Para quem está na marginalidade, isso é problema?, dirá você. Respondo com a frase de um assaltante que conheci: "Sei que para a sociedade sou um verme; se for desprezado também pelos companheiros, perco minha identidade de ser humano".

A agressão física, punição prescrita em caso de agravos intermediários, que comprometem a harmonia sem comprometer a segurança do grupo, não se limita à troca de sopapos e de tesouras voadoras cinematográficas; as surras são de pau e pedra. Em respeito à sensibilidade do leitor, abstenho-me de descrever os casos de agressão que presenciei em presídios.

A pena de morte, defendida com ardor por boa parte da sociedade brasileira no combate aos assassinatos, é decretada sem condescendência e tem forte poder persuasivo no meio dos criminosos.

Se nesse meio a pena de morte funciona para dissuadir os transgressores que causam prejuízo financeiro ou põem em risco a sobrevivência dos demais, não seria o caso de executarmos os psicopatas que martirizam a sociedade e tiram a vida de inocentes? Para responder, é preciso comparar as condições em que a pena de morte é aplicada entre nós e no mundo deles.

Nos países que adotam a pena de morte, ao condenado é assegurado o direito de recorrer aos tribunais em diversas instâncias, para evitar os erros de julgamento característicos das épocas em que reinava o arbítrio. O resultado? A sentença será executada muitos anos depois da perpetração do delito, quando a lembrança deste estará apagada na memória de todos. Não é à toa que nesses países a execução sistemática de prisioneiros tem impacto irrelevante na redução da criminalidade.

No mundo do crime, ao contrário, as execuções têm grande poder intimidativo, porque são aplicadas logo após a prática da infração. O rito é sumário: os jurados se reúnem sem formalidades e decretam a sentença fatal, a ser cumprida imediatamente. Para todos os circunstantes, a relação entre crime e castigo é inequívoca, didática e aterradora.

Se houver erro judiciário e um inocente morrer, quem vai reclamar? Contra a força não há argumento, como diz a bandidagem.

Luizão, o bem-amado

Luizão diz que entrou para o crime por conta própria, não por lhe faltar amor no ambiente familiar.

— Minha família nem a sociedade têm culpa das mancadas que cometi.

O pai morreu num desastre com o caminhão carregado de cana-de-açúcar num dia, ele nasceu no outro. Viúva, a mãe foi trabalhar na casa da família que teve a primeira Frigidaire de Campinas, onde o menino foi criado com carinho:

— Estudei nos melhores colégios da cidade, ia de carro para a escola, fim de semana na fazenda, tudo o que um filhinho de papai tem.

Aos dez anos mudou para São Paulo, porque a mãe foi pedida em casamento por um português, sócio de uma banca de jogo do bicho no Bexiga, que o acolheu como filho:

— Ganhei um pai. Nunca brigou comigo, só dava conselho. Viveu com minha mãe até morrer: meu bem daqui, benzinho dali. Português com negra faz séculos que dá certo.

Depois de um ultimato da mãe para que se decidisse entre estudar e trabalhar, Luizão abandonou o antigo ginasial e arranjou emprego numa metalúrgica.

Vieram as más companhias; ele hesitou, mas tomou uma decisão definitiva:

— Nem estudo nem trabalho.

Passou a frequentar a rua Augusta, de calça boca de sino, sapato plataforma, cabelo black power. De madrugada, arrombavam lojas na região e fugiam na Kombi de um comparsa.

Mulato de olhar bovino, mão-aberta, sempre cercado de mulheres, acabou adotado por Quinzinho, personagem lendário com inúmeras passagens pela Casa de Detenção, e Hiroito, que ostentava o título de Rei da Boca do Lixo. Na primeira cadeia que pegou, fez amizade com seu Horácio Fidalgo, comandante do tráfico no bairro do Carrão, e começou a traficar. Não guardou dinheiro, mas teve sorte: por pouco escapou de ser fuzilado pelo Esquadrão da Morte junto com o chefe.

No início, abastecia a Boca com as ampolas de Pervitin que trazia do Paraguai. Depois trabalhou com maconha, até descobrir coisa melhor:

— Caí de cara na cocaína! Trabalhava como segundo fornecedor: a droga já vinha misturada para mim, quarenta, cinquenta quilos, um mês para pagar. Eu misturava um pouco mais e distribuía para o pessoal certo. Dava prazo de quinze dias para trazer o dinheiro. Tudo na palavra. Nunca tomei chapéu!

Uma noite conheceu Creuza, vulgo Solange Simone, que fazia ponto nas imediações da Major Sertório: branquinha, neta de um ator de chanchada do teatro Aurora, na avenida São João, e amante de um militar aposentado que foi tomar satisfações com ele ao saber que o casal havia alugado um cômodo num casarão do largo Ana Rosa.

Viveram dois anos em paz, até que a cadeia os separou:

— Ela era carismática, parecida com a Barbie. Quando fui preso, a gente se correspondia na maior consideração: duas ou três cartas por semana. Até que ela parou de escrever.

A razão do desencontro foi a prisão da moça:

— Ela não ouviu meus conselhos. Não sei em que artigo caiu, só sei que na Detenção Feminina se envolveu com a Famigerada, a Neuza Pequena e a Maldita, velhas conhecidas minhas que não recomendo para ninguém. O que me contaram é que as quatro tocaram fogo na cadeia e foram transferidas para a Penitenciária.

Cinco anos mais tarde, no dia em que ele recebeu o alvará de soltura na Colônia Penal, foi chamado à sala de um diretor com quem não se dava bem:

— Porque meu jeito humano de ser feria a sensibilidade dele.

De mau humor, o funcionário anunciou que uma mulher que se dizia esposa de Luizão havia telefonado para avisar que viria buscá-lo.

Luizão quase disse que só podia ser engano, mas houve por bem não fazê-lo. Sentou-se em frente à sala do diretor e aguardou.

Meia hora depois um Opala ss amarelo de capota de vinil preto brecou no pátio de entrada da Colônia. Era ela, mais velha e mais sedutora:

— Veio de botinha branca, minissaia cor-de-rosa, frasqueira da mesma cor, coletinho, estola com pluma no pescoço. Quando vi aquela mulher de cabelo vermelho, cheia de pulseira e de anel nos dedos, comecei a rir e dei um abraço agarrado nela.

O diretor não gostou da espontaneidade do casal:

— Aqui dentro, não! A senhora faça o favor de esperar lá fora.

Luizão estranhou a incompreensão:

— Só por causa do jeito dela, senhor? Minha esposa passou cinco anos na França e na Alemanha, por isso nunca veio me visitar. Por acaso o senhor está abismado com a moda que ela adotou no exterior? Eu também, mas sou humilde para reconhecer: ela está atualizada, eu é que não.

Solange Simone entregou a chave nas mãos dele:

— O tanque está cheio. Agora é com você.

Cavalheiro, Luizão abriu a porta do Opala para ela entrar, deu a volta, sentou-se ao volante e cantou os pneus na saída.

Na catraca do metrô

A gritaria foi tanta que se formou uma roda em volta das duas mulheres. Pudera, às seis da tarde a estação Tatuapé é das mais concorridas do metrô, no sentido Zona Leste, onde vivem 4 milhões de pessoas.

Era um dia quente demais para o mês de abril em São Paulo, cidade de concreto, despreparada para tanto calor. No vagão apinhado, os ventiladores não davam vazão ao ar pesado que obrigava as senhoras a improvisar leques com revistas e pedaços de jornal. Foi um alívio quando tive acesso ao oxigênio da plataforma.

Ao chegar às catracas de saída no meio do povo apressado, presenciei não apenas a confusão a que me referi no início como os acontecimentos que a antecederam, porque a figura daquele que segundos mais tarde se tornaria o pivô da desavença chamava a atenção pela elegância. Era um homem de cinquenta anos, bem negro, de calça preta, camisa vermelha muito bem passada e sapatos de verniz preto e branco iguais aos dos homens de antigamente.

Com ele, sorridente, pouco antes da catraca de entrada, estava uma mulher loira de carnes fartas, busto saltando do sutiã, sandália de salto, blusa curta e umbigo de fora. De mãos dadas, os dois aparentemente se despediam, íntimos, alheios aos que passavam.

De repente, no burburinho destacou-se a voz de uma mulher:

— É assim que você me deixa em casa para visitar o amigo doente, seu sem-vergonha!

Era uma morena de brincos de argola que avistou o casal de longe e partiu decidida de bolsa em punho para cima da loira:

— Branquela desbotada, você vai aprender a respeitar o marido das outras.

O homem do sapato de verniz conseguiu se colocar entre as duas e interceptar a trajetória da bolsa, destinada à cabeça da loira. Possessa, a morena não se deteve:

— Sai da minha frente, seu ordinário, me larga que eu vou esganar essa vagabunda.

Segurando-lhe os braços com firmeza, o homem tentava acalmá-la em tom conciliador:

— Fala baixo, benzinho, as pessoas estão reparando. Fica feio!

A situação do mediador estava especialmente delicada porque, ao mesmo tempo que era obrigado a conter os ímpetos da morena, procurava convencer a outra:

— Não piora as coisas, atravessa a catraca e vai embora. É melhor para você, para mim, para todo mundo.

A loira, no entanto, atingida em seus brios, não arredava pé e ainda provocava:

— Solta ela! Deixa vir! Quem ela pensa que é?

Alinhados à aglomeração de curiosos, três seguranças de farda preta acompanhavam a disputa.

Um senhor de cabelos brancos e gravata afrouxada que observava a cena perto de mim se voltou em tom paternal para o jovem de terno que estava com ele:

— Vê como elas são? Se nós pegamos a mulher com outro, mandamos o homem embora e brigamos com ela. O amante está na dele, nosso problema é com a mulher. Elas, não! Deixam o homem de lado e se atracam com a outra.

Ao lado, uma moça de cabelos compridos que lhe davam ar de evangélica insistia com um rapaz de barba rala e óculos de fundo de garrafa que os homens são todos iguais e que marido nenhum presta, sem exceção. Ele argumentou que ela não devia condenar todos pelos erros de alguns; não considerava certo o justo pagar pelo pecador.

Depois de muito malabarismo para apartar as adversárias, o causador da confusão apaziguou uma e finalmente convenceu a outra a atravessar a catraca, movimento que a morena não pôde fazer porque não tinha bilhete. Separadas pelo obstáculo, a morena proferiu o desaforo derradeiro:

— Nunca mais chega perto do meu homem, gorda descarada.

Foi a gota d'água! A loira deu meia-volta e retornou em passo de mulher fatal. Quando chegou bem perto, respondeu, com o nariz empinado:

— Magrela, quem te garante que ele é teu?

A morena se jogou contra a catraca; não fosse o homem disputado agarrá-la pela cintura, teria conseguido pular para o outro lado.

— É meu, sim, é meu — berrava, enquanto a rival caminhava para a plataforma rebolando os quadris exuberantes, indiferente ao ódio da outra.

Quando a loira desapareceu na escada rolante, a morena perguntou se o ordinário estava satisfeito, agora. Ele fez um comentário em voz baixa, tentou pôr a mão em seu ombro, mas ela se desvencilhou e desembestou na direção da escadaria.

O homem do sapato de verniz foi saindo sem olhar para trás,

e a roda se dispersou no meio da horda de passageiros que desembarcava. Ao passar pelos três seguranças de farda preta, agora postados junto à bilheteria, ele reclamou em tom magoado:

— Engraçados, vocês! Qualquer baguncinha na estação, caem em cima falando grosso, com o cassetete em riste. Eu naquele alvoroço, coisa que pode acontecer para qualquer filho de Deus, e vocês feito estátua. Isso é que é solidariedade masculina!

Os três permaneceram impassíveis até o reclamante se afastar. Então, o mais forte deles murmurou por trás do bigode:

— Eu, hein!

Noite inesquecível

Penso duas vezes antes de receitar um remédio para dormir. Não que tenha sido contaminado pela filosofia dos que se consideram naturalistas modernos, portanto inimigos de soluções químicas. Nem que tenha preconceito contra os insones ou julgue os tranquilizantes ineficientes, perigosos e cheios de efeitos colaterais; pelo contrário, a indústria farmacêutica desenvolveu algumas drogas seguras capazes de induzir sono reparador com o mínimo de ressaca no dia seguinte.

É justamente essa eficácia farmacológica a fonte de minhas incertezas. Distúrbios do sono são um dos grandes pesadelos da vida urbana; afligem milhares de mulheres e homens que atravessam a madrugada sem achar posição na cama, com a cabeça ligada nos compromissos a cumprir, em problemas sem solução e nas cicatrizes deixadas pelo passar dos anos.

A questão com o uso de qualquer substância psicoativa é o fenômeno da tolerância, estratégia que o cérebro engendrou para adaptar-se à presença constante da droga na circulação sanguínea.

É a tolerância que explica por que na adolescência ficávamos embriagados com um quinto da dose de álcool que bebemos hoje sem dar vexame. É ela que arruína as finanças dos usuários de cocaína, faz o maconheiro velho queixar-se da qualidade da maconha atual e torna dependente de pílulas para dormir a legião dos que padecem de insônia.

Faço essas reflexões, leitor, por causa de um fato sucedido com o dr. Hans numa noite de verão.

Renomado especialista em cálculos de grandes estruturas, dr. Hans trabalhava como engenheiro chefe de uma empresa alemã. Em qualquer lugar do mundo, bastava uma ponte tremer, um arranha-céu inclinar meio grau ou um estádio de futebol balançar sob o entusiasmo da torcida, para a empresa convocá-lo com o inseparável computador e a mala pequena com duas mudas de roupa, para não perder tempo nos aeroportos.

Era casado com uma conterrânea, com quem teve dois filhos. Depois que os rapazes saíram de casa, a esposa se dedicava em tempo integral aos afazeres domésticos: refeições no mesmo horário, objetos nos locais de sempre, panelas impecavelmente areadas e cuidados com o jardim que todos elogiavam. O menor desvio da rotina diária deixava-a em pânico; não havia nascido para imprevistos, reconhecia.

Formavam um desses casais harmoniosos, em que cada um aceita e se adapta às idiossincrasias do outro.

A organização rígida do lar servia à profissão do marido, homem de pouco falar, fascinado pelo pensamento abstrato e pela racionalidade, desatento à vida social, sempre entretido com os livros no pequeno escritório ao lado da sala, espaço onde se refugiava todas as noites, com exceção das quintas-feiras em que a Orquestra Sinfônica se apresentava e dos sábados às vinte horas, quando assistiam aos filmes que a esposa ia buscar na locadora.

A tranquilidade dele, entretanto, foi abalada quando a empresa disputou uma concorrência internacional para a construção de uma barragem gigantesca, o que o obrigou a viajar amiúde para um país distante, trocar incontáveis e-mails, manter conversas telefônicas intermináveis e participar de um sem-número de videoconferências.

A pressão foi tão intensa, que ele começou a perder o sono. Habituado a ir para a cama impreterivelmente às dez e meia, imaginou que, se levantasse mais cedo ou deitasse mais tarde, conseguiria dormir melhor, porém as tentativas foram infrutíferas. Seu problema não era conciliar o sono, mas acordar duas ou três horas depois, com o pensamento invadido pelos cálculos da maldita barragem.

Então, naquela noite fatídica, exausto, decidiu tomar um tranquilizante, pela primeira vez em 57 anos.

Foi para a cama, conversou alguns minutos com a mulher sob a luz do abajur e perdeu contato com o mundo.

Acordou surpreso às sete da manhã. A esposa estava a seu lado de olhos abertos, sorridente e nua:

— Querido, foi a noite mais maravilhosa de nossas vidas.

Dr. Hans ficou pasmo. Não se lembrava de nada, para ele o mundo tinha acabado no instante em que fechara os olhos.

Pouco mais tarde telefonou para o médico, que lhe explicou: tratava-se de um tipo de amnésia transitória induzida por tranquilizantes, acontecimento raro, desprovido de maiores consequências.

Ele não se conformou com o diagnóstico. O que o inquietava não era propriamente o efeito colateral da medicação:

— Sem me lembrar do que fiz, o senhor já imaginou a decepção dela da próxima vez?

O homem que virou santo

Jurandir jura que a culpa foi da vizinha. Diz que tinha virado santo com a finalidade de aplacar o ciúme da esposa, Zélia, convencida de que todas as mulheres da vila davam em cima dele. Ela justificava a desconfiança dizendo conhecer o marido que tinha: homem que não valia nada e que se derretia por qualquer rabo de saia.

O comportamento exemplar dos últimos meses era consequência de uma briga provocada por uma ida à padaria, depois da qual Zélia o acusou de haver admirado as pernas de uma loira alta e lhe atirou o liquidificador nas costas. Ao fazer as pazes, assinaram um armistício com diversas cláusulas; a mais importante exigia que ele não ousasse olhar para a tal vizinha, recém-alojada no andar de cima.

Jurandir explicou que a exigência era absurda: mal reparara na moça, muito menos nas pernas dela. No dia da mudança, apenas por cortesia tinha segurado a porta do elevador para que ela entrasse com os pacotes. A esposa respondeu, possessa, que o problema não havia sido o cavalheirismo, mas o sorriso calhorda que ele pôs nos lábios.

Decidido a preservar o casamento e o convívio diário com os filhos, fez de tudo para andar na linha. Tinha boas razões para desejar a paz: a esposa era mulher de princípios, mãe exemplar, dona de casa prestimosa; seu problema era um só, o gênio forte:

— Quando o ciúme atacava, parece que incorporava o coisa-ruim. Não via hora nem lugar, fazia escândalo na frente de quem fosse e quem não fosse.

Ele trabalhava como carcereiro havia vinte anos. Tinha enfrentado rebeliões, caído refém de presos amotinados, participado de negociações em galerias apinhadas de homens e facas, mas considerava essas peripécias uma tarde no circo comparadas às crises da mulher enciumada.

Quis o destino, no entanto, que numa segunda-feira de chuva ele chegasse em casa mais cedo e encontrasse tudo em silêncio: nem a mulher nem os filhos por perto. Tomou banho, vestiu a bermuda, colocou um CD, abriu a primeira lata de cerveja e foi atender o interfone.

Era a vizinha. Perguntou se não poderia ajudá-la a instalar o aparelho de DVD. Tão cheio de fios!

Ele jura que subiu a escada na ingenuidade, preocupado com a volta da esposa, e que só se deu conta da armadilha quando viu o umbigo de fora, o decote diabólico e a sainha que a outra usava:

— Mulher nenhuma veste uma roupa daquelas só para instalar um DVD.

Quando os lábios dela se aproximaram perigosamente, ele recuou:

— Pelo amor de Deus, minha mulher vai chegar, você está de batom vermelho.

No dia seguinte, a moça ligou para a cadeia. Disse que existia uma atração forte entre os dois, instituída com a gentileza na porta do elevador. Insistiu que resistir a essa força seria ir contra a natureza humana. Para onde seria drenada aquela energia que emanava dos seus corpos?

Nem precisaria desses argumentos para convencê-lo:

— Perder uma oportunidade como aquela seria até pecado.

O problema era como escapar da marcação cerrada, lá em casa. Meus horários eram controlados pelo telefone, com precisão de minutos. A imagem do decote e dos lábios vermelhos, entretanto, não lhe dava trégua.

Uma semana depois do episódio do DVD, concebeu um plano para passar a noite com a vizinha: no dia combinado, telefonaria para casa avisando que fora convocado inesperadamente para o plantão noturno, porque iriam realizar uma blitz que só terminaria quando localizassem dois revólveres em poder dos detentos. O plano foi executado com perfeição. Às seis da tarde o telefonema para casa com voz grave, o encontro na estação do metrô, a pizza e a noite com a vizinha num hotel da rua Jaguaribe.

Na manhã seguinte, ao cruzar a avenida quase em frente da cadeia, Jurandir viu que um colega lhe fazia sinais para que se afastasse, enquanto outro vinha em passos apressados na direção dele:

— Nem chega perto do portão. Tua mulher está lá fazendo um escarcéu. Diz que ligou a noite inteira atrás de você e ninguém te achou. Ela se recusa a ir embora enquanto você não chegar. Quer falar com o diretor de qualquer jeito, para saber se você ficou mesmo de plantão por causa de dois revólveres. Maior trabalheira para segurar.

Jurandir voltou para o lado do metrô, sem ideia do que fazer. Parou desamparado no meio-fio, quando alguém gritou seu nome. Era o motorista de um camburão que chegava para buscar os presos com audiência no Fórum.

Foi a salvação:

— Me leva lá para dentro fechado no camburão. Depois explico.

Minutos mais tarde, o portão principal da cadeia se abria para que Jurandir saísse ao encontro da esposa desconcertada:

— Oi, meu amor, disseram que você estava nervosa à minha espera. Fiquei preocupado. Algum problema?

O negociador

Carlito era um negociador de habilidade reconhecida por seus pares. Na verdade nem se chamava Carlos; a alcunha vinha da adolescência em razão da semelhança de seu modo de andar com o do personagem de Charles Chaplin.

Quem o visse, magrinho, tímido, não seria capaz de imaginá-lo na função de carcereiro de um grande presídio, muito menos na guarita de segurança de uma fábrica. A impressão de homem frágil, que pesava cada palavra antes de formar a frase, entretanto, desaparecia de imediato quando discutia com os detentos.

Nessas ocasiões, seu corpo adquiria a ginga e a maneira de falar da malandragem. As gírias, a inflexão da voz, a pobreza gramatical da linguagem e o olhar de esguelha com o queixo levantado contrastavam de tal forma com sua personalidade habitual que ele mais parecia um ator em cena.

A fama de exímio negociador não era gratuita: havia sido testada em duas grandes rebeliões e em meia dúzia de sequestros de funcionários, mantidos em ponta de faca por presos amotinados.

Numa delas, com o pavilhão em chamas, foi levado para o telhado com vários colegas sob a mira de dezenas de estiletes e facões. Para confundir os atiradores de elite distribuídos pela polícia em pontos estratégicos, os rebelados obrigaram os reféns a trocar de calça com eles. Passaram horas na fumaça sob a ameaça de que seriam arremessados dali de cima ou mortos por algum atirador afoito. Foi o momento em que Carlito esteve mais perto da morte:

— Na beirada do prédio, de olhos vendados, com uma faca no pescoço, dois ladrões com bafo de Maria Louca ameaçando jogar a gente daquela altura, na mira da polícia com as armas engatilhadas, a probabilidade de alguma coisa dar errado é razoável.

Foi então que conseguiu se aproximar de um dos líderes da revolta, para explicar que não podia morrer por dois motivos: primeiro, porque a mãe estava velha e não tinha outro filho; segundo, porque os demais funcionários se vingariam dos comandantes da rebelião. Não chegou a saber qual dos argumentos foi mais convincente:

— Porque são as únicas coisas que o ladrão respeita: a figura da mãe e a própria vida.

A experiência de vestir a calça-uniforme deve ter mexido com seus brios, porque em outra oportunidade, ao cair refém em companhia de mais dois funcionários nas mãos de um grupo de detentos apanhados em plena tentativa de fuga, assim que receberam a ordem para trocar de calça, impediu os colegas de obedecer e encarou os algozes armados:

— Então vocês vão tirar as calças de três cadáveres. Já fiz essa palhaçada uma vez, não faço outra. A cara de vocês é ser ladrão, a nossa é de trabalhar para o Estado. Cada homem com seu destino, mano.

A partir desse episódio passou a ser convocado sempre que havia motim; muitas vezes a pedido dos próprios ladrões, interessados em tratar com interlocutores de palavra confiável.

Carlito morava com a mulher e a sogra, uma senhora italiana mais moça do que a aparência indicava, sempre vestida de preto, num sobradinho perto do cemitério do Chora Menino. O respeito que gozava no trabalho, infelizmente, não encontrava correspondência no ambiente doméstico: a esposa tinha um relacionamento tumultuado com a mãe, uma dizia pau, a outra pedra; brigavam até por causa de preferências antagônicas nas tramas das novelas da TV. Era preciso paciência de Jó para aturar o clima de tensão permanente entre mãe e filha, os desaforos mútuos, as acusações recíprocas de ingratidão e a choradeira inevitável no fim da discussão.

As duas só se punham de acordo nos momentos em que a filha desfiava a ladainha de queixas contra o marido: que não prestava atenção quando ela falava, não se interessava por seus problemas, não a levava para passear, sujava muita roupa. Nesses momentos, a mãe largava tudo para postar-se ao lado da filha em atitude de solidariedade silenciosa que tinha o dom de irritar o genro.

Um dia, Carlito se encantou com a telefonista da fábrica. Conhecedor do gênio da esposa, cauteloso, fez da discrição sua estratégia permanente: encontravam-se exclusivamente no apartamento dela, duas ou três vezes por semana, em horários insuspeitos. Em casa, o excesso de trabalho e as horas extras serviam de desculpa para os atrasos e a falta de interesse sexual, acontecimentos que forneciam à mulher um motivo a mais para atacá-lo com a anuência muda da mãe.

A tragédia teve lugar numa manhã em que ele madrugou para tomar café na casa da telefonista, antes de irem trabalhar. Enquanto os namorados esperavam o ônibus, a esposa desceu do carro de uma vizinha, acompanhada da mãe, e se engalfinhou com a rival diante dos que aguardavam no ponto. Foi um custo para Carlito separá-las e empurrar a namorada para dentro do primeiro coletivo que a Providência Divina fez parar ali.

A sós com a mulher enfurecida, disse que eram apenas colegas de trabalho e que a outra o contratara para pregar um varal na área de serviço, tarefa pela qual havia recebido a importância de 25 reais, agilmente retirados do bolso para confirmar a veracidade da explicação.

Incapaz de acalmar a consorte, que lhe dirigia impropérios a plenos pulmões, Carlito, enfim, berrou que não suportava mais a vida ao lado dela e da bruxa de preto que a acompanhava, e que o remédio era a separação.

Voltou para casa depois da meia-noite com hálito de bebida. Encontrou a mulher com a mesa posta. Estava uma seda. Em prantos, pediu desculpas pelo escândalo, disse que não tinha razões para duvidar da história do varal e jurou que o fato jamais se repetiria.

Ele não se comoveu:

— Insisti que entre nós estava tudo acabado. Mesmo assim, quando fomos deitar, praticamente abusou de mim.

No final, ele caiu no sono. Pouco depois, acordou com um objeto gelado no meio das pernas. A esposa segurava seu sexo entre as hastes afiadas de uma tesoura de costura:

— Vai embora, mas vai deixar uma lembrança em casa, seu filho da puta!

Mais tarde, ao comentar o incidente, Carlito diria:

— Fiquei lavado de suor. Foi a negociação mais difícil da minha vida.

Paulo Preto

Paulo era negro e assim se intitulava.

— Dr. Paulo Preto a seu dispor.

Foi dessa forma que se apresentou sorridente para mim no Centro Cirúrgico do Hospital Sírio-Libanês há mais de vinte anos.

Auxiliar de enfermagem de carreira, tinha atribuído a si mesmo o nome e o título como corruptela irreverente do nome do dr. Paulo Branco, professor de cirurgia respeitado por todos nós, seus ex-alunos na faculdade de medicina.

O riso fácil, o ar de moleque provocador, o corintianismo fingidamente fanático, a informalidade indistinta no trato com superiores hierárquicos ou com subalternos e o bom humor indestrutível ao cuidar dos pacientes fizeram dele o personagem mais popular do hospital, presença obrigatória nos eventos festivos. Difícil passar uma semana sem que saísse para almoçar ou fosse ao estádio de futebol a convite de algum médico.

Fazia uso descarado dessa proximidade para ajudar parentes, amigos e até estranhos a conseguir consultas, internações e cirurgias.

Uma vez, encontrei-o na saída do plantão, com calça de vinco, camisa florida e sapato de duas cores.

— Sou um negro estiloso — justificou, em resposta a meu elogio.

Contou ter ouvido falar de meu trabalho na Casa de Detenção, e que seu sonho era visitar a cadeia que conhecera na infância por causa de um parente preso.

Na primeira vez em que foi ao presídio, passou a tarde num banquinho a meu lado, atento às consultas, sem pronunciar uma palavra. Na volta, descemos do metrô no largo Santa Cecília, mortos de calor, e entramos num bar. No primeiro gole, tomou dois terços do chope, suspirou e sorriu com gosto:

— Suave, doutor. Agora estou completamente feliz.

No dia seguinte, ofereceu-se para auxiliar no atendimento dos presos. Argumentei que era uma tarefa árdua pela qual ele nada receberia, que eu era médico e podia me dar ao luxo de ficar sem remuneração um dia por semana, mas não consegui demovê-lo.

Dos treze anos que trabalhei no Carandiru, oito foram em companhia de Paulo Preto. Ao terminar o exame físico dos doentes, eu ditava a prescrição que ele anotava em letra clara para explicá-la ao destinatário com todos os detalhes, enquanto entrava o caso seguinte. Alcançamos tamanha eficiência, que chegávamos a atender sessenta e até setenta pacientes em oito horas. Eu às vezes me incomodava com tanto movimento, ele nunca.

Apesar de a qualidade incomparável da pele negra e a ausência de um único cabelo branco subtraírem vinte anos de sua aparência, os presos o chamavam de seu Paulo, com todo o respeito.

Com o tempo, adquiriu entre os guardas do presídio popularidade comparável à que desfrutava no hospital. Num ambiente em que os homens podem ser acusados de tudo menos de ingênuos, sua falta de malícia virou folclore.

Uma segunda-feira, ao chegar à cadeia, nós nos deparamos com um aglomerado de carcereiros junto à sala de Revista, parada obrigatória antes de entrar. Perguntei a seu Valdemar, funcionário antigo, a razão do alvoroço:

— Pegaram um colega com um quilo de cocaína.

Paulo Preto não pestanejou:

— Entrando ou saindo?

Seu Valdemar perdeu a paciência:

— Saindo, Paulo. Eles plantam coca lá dentro, refinam e mandam para a rua.

O comportamento reservado ao extremo na cadeia contrastava com a extroversão que vinha à tona quando nos reuníamos para tomar cerveja com os funcionários, no final do expediente. Nessas ocasiões ele disparava a falar, até alguém pedir:

— Socorro, o negão destravou. Pelo amor de Deus, doutor, segura o homem.

No tom de quem repreende uma criança, eu dizia que era falta de educação monopolizar a conversa. Ele me ouvia, de fato. Uma cerveja mais tarde, entretanto, começava tudo de novo.

Semana passada, recebi um telefonema às duas da manhã:

— Doutor, aqui é a irmã do Paulo Preto. Ele acabou de ter um ataque cardíaco fulminante. Que tristeza, só cinquenta anos.

Que tristeza mesmo; tenho passado o tempo todo com sua imagem no pensamento. Contraditoriamente, quando converso com os amigos do hospital e da cadeia, só nos lembramos dos acontecimentos cômicos protagonizados por ele.

Nesta crônica, quero agradecer o privilégio de ter sido seu amigo durante tantos anos e prestar uma homenagem a Paulo Preto em nome de todas as pessoas doentes que ele ajudou.

Seu Araújo

Seu Araújo fala com sotaque de preto velho de terreiro de candomblé.

Os trinta anos de trabalho duro na cadeia não lhe tiraram a vaidade de calçar sapatos bem engraxados, vestir calças e camisas impecavelmente passadas por ele mesmo, nem lhe fizeram perder o amor pelas plantas, das quais sempre cuidou com zelo em sua casinha no Tatuapé.

Ainda jovem, foi contratado para abrir e fechar porta no Carandiru, onde trabalhou até o dia da implosão. Apesar do início humilde, seu Araújo, sempre atento à sabedoria dos mais velhos, chegou a diretor-geral do pavilhão Oito, posto para o qual eram designados somente os mais hábeis, porque lá cumpriam pena os reincidentes; impossível manter a cadeia em paz sem controlá-los.

Em 1989, quando o conheci, passava o dia num banquinho junto à entrada do pavilhão, de olho no vaivém infernal dos presos que entravam apressados na direção das celas e saíam para o pátio interno e para o campo de futebol. Nunca entendi por que prisioneiros andam em passo acelerado como se fossem operários atrasados para bater o ponto.

No meio da balbúrdia, conservava o ar enfadado do funcionário público que espera a hora passar. De repente, feito cão de caça que ergue as orelhas e dispara rumo ao alvo, levantava do banco para barrar e revistar um transeunte. Era flagrante de contravenção na certa: porte de droga, faca ou ambas.

Homem de semblante grave e de pouco falar, como convém ao bom cadeeiro, às vezes pendurava um saco plástico contendo orégano na grade do portão, e ficava de guarda como se o tivesse apreendido e não notasse os olhares de cobiça dos passantes.

Quando cismava com um grupo de ladrões saindo a caminho do campo, fingia que o haviam chamado e dava alguns passos para o interior do pavilhão. Em segundos o saquinho desaparecia.

Mais tarde, quando o grupo retornava, seu Araújo dizia, sério:

— E aí, malandragem, fumo forte, não!

Na chefia, resolvia pessoalmente as ocorrências mais graves. Subia nos andares para apartar brigas, revistar celas e acalmar ânimos em situações de tensão. Para se antecipar às tentativas de fuga e à execução de algum infeliz, contava com um grupo secretíssimo de informantes, de cuja sobrevivência cuidava com desvelo. Respeitado por honrar a palavra empenhada, era perspicaz para discernir o momento de favorecer, o de punir e o de perdoar.

Houve uma época em que os colchões do pavilhão estavam em petição de miséria. Muitos presos eram obrigados a dormir sobre folhas de jornal, pedaços de papelão e roupas empilhadas, com o par de tênis fazendo as vezes de travesseiro. Cansado de ouvir reclamação, seu Araújo não deu trégua ao diretor-geral do presídio até ser atendido.

Num fim de tarde, 510 colchões de espuma foram descarregados no pátio central do Oito. Ele ligou para o diretor:

— Doutor, 510 para 1200 sentenciados?

O diretor explicou que a Secretaria só havia mandado aqueles. Se os presos não ficassem satisfeitos, outros pavilhões receberiam de bom grado a encomenda.

Fazer o quê? Se adiasse a decisão, corria o risco de a malandragem assaltar os colchões. Pensou em seguir o critério de antiguidade no pavilhão ou em sorteá-los, mas a noite estava para cair; além disso, a lisura do processo seria fatalmente questionada pelos perdedores. Quem aguentaria o falatório?

Então, convocou os líderes da Faxina, que comandavam os demais presos:

— Quero todos no pátio, no lado oposto ao dos colchões.

Em cinco minutos, os homens se reuniram. Ele subiu num caixote colocado a meia distância entre os detentos aglomerados e a pilha, para anunciar:

— Recebemos 510 colchões; aliás, de ótima qualidade. Infelizmente, vocês são 1200. Então é o seguinte: quem pegar é dele!

Agarrou o caixote e correu para o lado, enquanto a turba avançava, ensandecida.

Foi um deus nos acuda. Os homens se atiraram sobre a pilha definitivamente decididos a sair dali com seu colchão; na pior das hipóteses, com um pedaço dele. Voou espuma de borracha para todos os lados. No final, não sobrou um fragmento sequer no pátio.

Quando tudo acalmou, descontentes com a solução encontrada e com o fato de não terem sido consultados a respeito dela, os faxineiros dirigiram-se à sala da chefia:

— Ô seu Araújo, o senhor não fez o certo. Devia ter agitado nós.

— E não agitei?

46

Solidão bandida

Na cadeia, a mulher fica abandonada à própria sorte. O homem na mesma condição dificilmente deixa de ter uma mulher que o visite.

Não quero com isso afirmar que elas sejam mais altruístas, nem tenho a pretensão de discutir a sociologia da ingratidão machista ou de percorrer os meandros da afetividade feminina; faço apenas uma constatação que o leitor poderá comprovar no próximo domingo ao passar na porta de qualquer prisão.

Nos presídios masculinos, as filas começam a se formar ainda no escuro, na frente dos portões. São adolescentes com bebês de colo, mães com crianças pela mão, mulheres maduras e senhoras de idade. Carregam sacolas com vasilhas de plástico abarrotadas de frango assado, farofa, macarronada e maionese de batata, acomodadas entre biscoitos, maços de cigarro e refrigerantes tamanho família; carga visivelmente excessiva para os braços das mais franzinas.

Faça sol ou embaixo de chuva, passam horas em pé, enquanto aguardam a revista da pacoteira, da roupa do corpo e até das partes mais íntimas, procedimento humilhante para as que não escondem celulares nem drogas ilícitas. São mães, irmãs, primas, avós, namoradas, vizinhas e esposas saudosas que tomam duas ou três conduções a fim de consolar o ente querido atrás das grades e lhe dar carinho. Isso quando não cruzam o estado em ônibus precários para visitar o parente preso em outra cidade.

O observador notará que nessas filas o predomínio de mulheres é absoluto; se houver 10% de homens é muito.

Nas cadeias femininas, as filas têm composição semelhante: muitas mulheres, crianças e poucos homens, mas chama a atenção o número reduzido de visitantes.

Alguns domingos atrás, na entrada da Penitenciária do Estado, que abriga mais de 3 mil detentas, ao demonstrar surpresa diante da presença de uma quantidade excepcionalmente grande de homens na fila, ouvi de um funcionário mais velho: "É que nesta semana foram transferidas para cá mais de duzentas presas. É sempre assim: no primeiro fim de semana eles comparecem em peso e juram amor eterno. Depois, até logo e um abraço".

Na mesma penitenciária, não são poucas as que cumprem a pena inteira sem receber uma única visita.

No Carandiru, Monarca, sobrevivente do pavilhão Nove, respeitado igualmente pelos companheiros e pelos funcionários, ao ser preso disse à esposa que o esquecesse e recomeçasse a vida com outro, embora fossem recém-casados. Não se julgava no direito de relegá-la à condição de viúva de um homem condenado a mais de 120 anos.

Num domingo, na época em que o presídio estava para ser posto abaixo, eu vinha pela galeria do pavilhão quando ele apareceu com uma netinha no colo e pediu que o acompanhasse até o xadrez. Fazia questão de me apresentar a esposa e as duas filhas, que serviam o almoço. Um fim de semana depois do outro, durante 26 anos, a mãe das meninas viera vê-lo, sem jamais haver faltado.

Nem sempre a dedicação é espontânea, no entanto. Uma das leis do mundo do crime é a exigência de fidelidade absoluta da mulher ao homem preso. Caso ela não seja fiel, corre risco de morte, assim como o atrevido que ouse dela se aproximar. Na situação inversa, aquele que troca a companheira por outra e nunca mais aparece é aceito com naturalidade.

Sem direito de acesso ao programa de visitas íntimas vigente nas cadeias masculinas há mais de vinte anos, perder o companheiro enquanto cumprem pena é o destino encarado com fatalismo pelas prisioneiras. Lamentam-se apenas da ingratidão, as que enveredaram pelo caminho do crime pelas mãos dos mesmos que agora as abandonam na adversidade.

Posso estar equivocado, mas tenho a impressão de que nem as mães fogem à regra: dão mais atenção a um filho na cadeia do que a uma filha que vai presa. O pai se esquece do filho que causou problemas, os irmãos também, a mãe jamais. Só não recebem visita materna os órfãos ou aqueles encarcerados em lugares distantes.

Ao contrário, é grande o número das que se queixam de que a mãe nunca aparece. As justificativas são as mais variadas: falta de tempo, de dinheiro para a condução, o fato de não ter com quem deixar os netos e até o de não gostar do ambiente.

Curiosamente, as avós são mais assíduas; parcela substancial das filas é formada por senhoras de idade que chegam para reconfortar as netas.

Talvez tenha razão uma presidiária que se queixou: "Cadeia não foi feita para mulher. A mulher presa engorda, fica feia e mais pobre ainda. Quem vai querer?".

Homens que são mulheres

De todas as discriminações sociais, a mais pérfida é a dirigida contra os travestis.

Se fosse possível juntar os preconceitos manifestados contra negros, índios, pobres, homossexuais, garotas de programa, mendigos, gordos, anões, judeus, muçulmanos, orientais e outras minorias que a imaginação mais tacanha fosse capaz de repudiar, a somatória não resvalaria os pés do desprezo virulento que a sociedade demonstra pelos travestis.

Quem são esses jovens travestidos de mulheres fatais, que expõem o corpo com ousadia nas esquinas da noite e na beira das estradas?

A homossexualidade é tão velha quanto a humanidade. Em qualquer cultura, em todas as classes sociais, sempre existiu e existirá uma minoria de homens e mulheres homossexuais, porque a sexualidade não está sujeita a opções estabelecidas pela razão. Podemos controlar comportamentos, o desejo é cavalo indomável.

Diferentemente do que a maioria pensa, os travestis não são apenas homens que se vestem e falam como mulher. Supor que sejam todos iguais é tão ridículo quanto imaginar que os heterossexuais pensam e agem da mesma maneira. Apesar da diversidade, entretanto, existe uma característica que une os travestis: eles só aparecem nas famílias humildes.

Na infância, foram desses meninos com jeito afeminado que, se houvessem nascido entre gente culta e com posses, poderiam ser profissionais liberais, artistas plásticos, empresários, estilistas ou atores de sucesso. Mas, como tiveram o infortúnio de vir ao mundo no meio da pobreza e da ignorância, experimentaram na carne toda a sorte de abusos: foram xingados nas ruas, ridicularizados na escola, violentados pelos mais velhos, ouviram cochichos e zombarias por onde passaram, apanharam de pais e irmãos envergonhados.

Em ambiente tão hostil, poucos chegam a concluir os estudos elementares. Na adolescência, com a autoestima rebaixada, confusos em relação à sexualidade, que é fonte de suas desventuras, despreparados intelectualmente, saem atrás de trabalho. Quem dá emprego para homossexual pobre? Se para os mais ricos com diploma universitário não é fácil, imagine para eles. O máximo que conseguem é lugar de cozinheiro em botequim, varredor de salão de beleza na periferia ou atividade semelhante sem carteira assinada.

Vivendo nessa condição, o menino aprende com os parceiros de sina que bastará hormônio feminino, maquiagem para esconder a barba, uma saia mínima com top, sapato alto e um bom ponto na avenida para ganhar numa noite mais que o salário do mês.

Uma vez na rua, todo travesti é considerado marginal perigoso, sem nenhuma chance de provar inocência. Pode ser preso a qualquer momento, agredido ou assassinado por um psicopata, que o transeunte não moverá um dedo em sua defesa. "Alguma ele deve ter feito para merecer", pensam todos.

Levado para a delegacia, vai parar numa cadeia masculina. Como conseguem sobreviver com roupa de mulher fatal em celas com vinte ou trinta homens, numa situação em que o mais empedernido machão corre perigo, é para mim um dos mistérios da vida no cárcere, talvez o maior deles.

Nas prisões, a malandragem convive em paz com o travesti desde que se comporte como mulher submissa. No papel de cidadã de segunda categoria na massa carcerária, pode realizar tarefas domésticas, cozinhar, lavar roupa ou fazer faxina em xadrez de ladrão a troco de pagamento, prostituir-se como na rua, discordar de alguém e até fazer escândalo na galeria, mas reagir às agressões como fazem os homens, nem pensar. Ladrão agredido fisicamente por um travesti perde a moral entre os companheiros.

Quando um travesti aceita a proposta de casamento de algum bandido, ganha sustento e proteção. Não precisa se preocupar com agressões ou constrangimento sexual, nenhum ladrão ousará passar por ela sem baixar os olhos, os mais prudentes evitarão até cruzar com ela na galeria. Não faltarão cigarros, chocolates, maconha ou cocaína. Porém, como em cadeia nada cai do céu, paga os favores recebidos abrindo mão do resto de liberdade ainda disponível. A restrição é total: sair do xadrez só em caso de extrema necessidade, mesmo assim acompanhada de alguém da confiança do ladrão.

Conversar com outro homem na galeria pode acabar em tragédia. Os travestis são prisioneiros dentro da prisão.

Sua condição de saúde é precária. Tomam hormônios femininos por conta própria e injetam silicone na face, nas nádegas, nas coxas, mas, sem dinheiro para adquirir o de uso médico, utilizam o industrial, comprado em casas de material de construção, que lhes é administrado por pessoas despreparadas, sem nenhum cuidado de assepsia. Com o tempo, esse silicone impróprio escorre entre as fibras musculares, dando origem a inflamações dolorosas, desfigurantes, difíceis de debelar.

Ainda os portadores do vírus da aids encontram algum apoio e assistência médica nos centros especializados, locais em que os funcionários estão mais preparados para aceitar a diversidade sexual. Nos hospitais gerais, ao contrário, poucos conseguem passar da portaria, barrados pelo preconceito generalizado, praga que não poupa médicos, enfermeiros e pessoal administrativo.

O travesti vive uma situação esquizofrênica: não é homem nem mulher, ao mesmo tempo que é masculino e feminino. Como a sociedade só admite comportamentos sexuais estereotipados, a mera existência dele ofende e gera agressividade. A ousadia de arremedar a condição feminina no que ela tem de mais estereotipado, contraditoriamente, encanta e desperta fantasias sexuais em homens e mulheres. Não estaria na percepção desse encantamento a origem do ódio contra os travestis?

Vida de ladrão

Vida de ladrão é vida de cão, reconhecem eles mesmos. Infelizmente, não é essa a impressão que os meios de comunicação transmitem ao tornar públicos assaltos audaciosos, tiroteios com a polícia, rebeliões em presídios, sequestros cinematográficos e outras ações mirabolantes.

Embora relatar tais fatos seja fundamental para tomarmos consciência de que a violência urbana é doença epidêmica, a demonização dos bandidos e a divulgação de suas proezas em tom dramático têm o dom paradoxal de exercer fascínio sobre os mais jovens. Na imaginação juvenil, o bandido que atira na polícia, escapa da perseguição e ganha espaço no rádio e nos programas de TV, está mais próximo do herói suburbano que do criminoso desprezível.

Acrescentem-se a essa idealização ingênua as desigualdades sociais e o prestígio que os marginais desfrutam nas comunidades pobres, com seus jeans de grife, tênis importados, correntes de ouro, motos do ano e o harém de namoradas que neles buscam a proteção jamais alcançada em companhia de rapazes estudiosos e trabalhadores, e teremos o caldo de cultura no qual germinará a criminalidade de amanhã.

Nos dias de hoje, negar que o relato detalhado de atos violentos e a publicidade concedida a bandidos sanguinários colaboram para gerar comportamentos semelhantes nas crianças e adolescentes que vivem em situação de risco é fazer vistas grossas a um corpo tão sólido de evidências científicas que apenas os ignorantes e os mal-intencionados ousam contestar.

A descrição do grande assalto, da fuga espetacular e das façanhas do poderoso traficante nunca vem associada às consequências que essas ações provocam na vida de seus protagonistas. A prisão e a morte de marginais na mais tenra idade nunca recebem a ênfase teatral dedicada aos crimes perpetrados por eles.

Tais questões me vieram à mente por causa da última fuga através de um túnel aberto na Penitenciária do Estado, onde realizo um trabalho médico. Nessa tarefa contei com a cooperação de dois detentos no papel de enfermeiros: Zeca, moreno, capaz de impor disciplina na fila de atendimento com ordens curtas e secas emitidas em voz baixa, conheci na própria Penitenciária. O outro, Maurício, portador de aids, quatro filhos, um dos sobreviventes do pavilhão Nove, a maior parte da vida passada na prisão, menos impositivo e mais negociador, conheci há mais de dez anos na Casa de Detenção.

Na primeira segunda-feira após a fuga, quando cheguei à Penitenciária, havia dois novos enfermeiros no lugar deles. Não fiz perguntas até o final da tarde, depois que o último paciente saiu e a porta foi fechada. Então soube que Zeca conseguira escapar e permanecia em liberdade; Maurício, porém, não tivera sorte igual: ao rastejar até a metade do túnel, as paredes desmoronaram à sua frente. Espremido, fez o que pôde para recuar naquela escuridão, tentando convencer aos gritos os companheiros que vinham atrás a fazerem o mesmo. Na confusão claustrofóbica que se estabeleceu, ele e mais oito detentos morreram asfixiados.

O noticiário do dia seguinte ressaltou reiteradamente o feito de Zeca e dos outros que lograram escapar; os que morreram sem ar mal foram mencionados. Não tenho a intenção de julgar se Maurício merecia ou não o fim que lhe foi dado viver, presidiários experientes como ele avaliam com cautela o risco de morte antes de aventurar-se pela boca de um túnel. O que seria didático destacar nesse episódio é que a vida no crime tem grande probabilidade de terminar de maneira trágica. Muito antes de perdê-la precocemente, ladrões, estelionatários, assassinos e traficantes abrem mão do bem mais sagrado da condição humana: a liberdade.

Perdem a liberdade mesmo antes de serem enjaulados nas cadeias, porque a possível chegada da polícia não lhes permite momentos de descontração. Se estão sem dinheiro, arriscam morrer em assaltos; quando conseguem obtê-lo, correm perigo de ser delatados, assassinados por companheiros gananciosos, achacados por policiais que desonram suas corporações, ou de passar vários anos na prisão.

"O que mais sinto saudade é do tempo em que podia entrar num bar, pedir uma cerveja e sentar de costas para a porta", queixou-se uma vez um bicheiro recentemente metralhado num posto de gasolina da Zona Norte.

Na cadeia é que a vida do ladrão conhece seus momentos mais dramáticos. James Joyce, no livro *O retrato do artista quando jovem*, fala do professor jesuíta que, ao descrever o Inferno para seus alunos, insiste que lá, muito pior do que o calor do fogo, do que as torturas e a eternidade da condenação é a companhia dos demais habitantes. Na prisão acontece o mesmo: piores do que a restrição de espaço, a falta do que fazer, a sucessão dos dias idênticos, a nostalgia nos fins de tarde são as perversidades que os próprios presos cometem uns contra os outros.

Tão grande é o perigo, que o maior anseio do homem preso não é a liberdade, como poderíamos imaginar, mas permanecer vivo na cadeia.

Um vulto de mulher

Dr. Nilo tinha vivido dias de glória na época da construção das grandes avenidas de São Paulo. Conhecedor dos escaninhos que os processos percorriam na burocracia oficial, fizera bons negócios com a compra de imóveis que sofreriam desapropriação.

Eram cartas marcadas: de posse da escritura que lhe conferia a propriedade do imóvel, pedia revisão judicial da quantia oferecida pela prefeitura. Em conluio com os peritos indicados, conseguia duplicar, e às vezes triplicar, o valor das avaliações iniciais. Depois, com ajuda das boas amizades, acelerava os trâmites legais para o recebimento da indenização.

Embora beneficiário do ramo da advocacia que lhe permitiu manter duas ex-mulheres, quatro filhos e a esposa atual vinte anos mais nova, dr. Nilo não parecia demonstrar apreço pela palavra-fonte de seu bem-estar: jamais pronunciava o segundo erre do termo *desapropriação*.

Conforme combinado, naquela noite ele passou de carro para pegar Agenor na porta da Regional da Sé.

O velho amigo de bigodinho tingido de preto esperava próximo ao meio-fio, de jaquetão e calça risca de giz. Sentou no banco da frente com o chapéu de aba curta mal equilibrado no topo da cabeça:

— Salve, doutor, firmeza? Desculpe, mas tomei a liberdade de convidar o Velho Pinga, motorista do rabecão do Instituto Médico Legal há trinta anos, homem que já viu na vida mais acontecimentos do que nós dois juntos.

Em frente ao Instituto, perceberam que o Velho Pinga também tomara a liberdade de convidar o amigo que se postava sorridente a seu lado: Valdecir, um negro do tamanho de um guarda-roupa de casal, que havia construído fama de disciplinador pouco ortodoxo nos plantões noturnos do antigo presídio do Hipódromo.

O carro seguiu com o advogado na direção. Para dar ênfase à história que desandou a contar, dr. Nilo gesticulava em movimentos amplos e virava a cabeça para avaliar a reação dos espectadores. Nesses momentos, Agenor agarrava o volante abandonado, providência que só servia para dar mais liberdade à gesticulação do motorista.

Agenor contou que no domingo anterior tinha ido a um churrasco na chácara do bicheiro Mão-de-Seda, presidente da escola de samba a cujo ensaio os quatro estavam indo assistir. Confessou-se maravilhado com a fartura; tinha de tudo, até costela de javali, mas o que impressão mais forte lhe causara havia sido um vinho feito de mexerica, reserva especial de uma vinícola de São Roque. Gastou tempo na descrição das nuances gustativas daquele néctar adocicado.

O Velho Pinga, por sua vez, havia passado o fim de semana em companhia do irmão mais velho, solteirão como ele, na construção de um rancho nas cercanias de Mongaguá, a cinco quilômetros da praia. De sexta a domingo, enquanto levantaram as paredes de dois quartos, beberam um garrafão de cachaça. Disse que ficavam a manhã inteira sem pôr uma gota de álcool na boca, mas, quando chegava perto do meio-dia, um diabinho dentro dos dois cutucava com o tridente: "Toma uma, tá na hora!".

Valdecir fez as contas:

— Tá louco, meu! Um garrafão de cinco litros dá mais de um litro e meio por dia.

O outro justificou incontinente:

— Mas era eu e o meu irmão.

Horas mais tarde, estavam sentados na tribuna de honra da quadra juntamente com Mão-de-Seda, mulato forte, com o pescoço adornado por cinco cordões de ouro, vestido com um blusão de couro que mal disfarçava a arma no cinto, quando entraram as passistas. Entre elas, uma menina de oito anos que não fazia má figura sambando com as mais velhas, e uma mulata de vestido solto, que flutuava de sandália de salto na frente da bateria.

— O rebolado daquela moça vai me tirar o sono esta noite — observou Valdecir.

Ao lado de Mão-de-Seda, o Velho Pinga acrescentou:

— É por isso que eu bebo.

O bicheiro sorriu:

— Era mulher de um inimigo. Hoje vive a meu lado com o filho de dois anos, que me chama de pai.

Três dias depois, Mão-de-Seda foi metralhado ao sair do escritório com um de seus seguranças.

Quando os quatro amigos se encontraram na semana seguinte, não falaram de outro assunto até o Velho Pinga pôr fim à conversa:

— Em tragédia de homem há sempre um vulto de mulher.

A moça do avião

Já vi gente para ter azar com parceiro de assento em avião, mas como este que vos escreve, duvido que exista alguém.

Não que eu seja enjoado, exigente, daqueles que esperam viver experiências transcendentais com a ocupante da poltrona vizinha. Dos que sonham conhecer um futuro sócio para ganhar fortunas, um filósofo que lhes desvende o significado da existência, uma mulher fatal. Longe disso, fico feliz com pouco: basta que me deixem ler, escrever um texto, olhar as nuvens.

Se por acaso sinto antipatia gratuita por alguém na sala de embarque, tenho certeza absoluta de que sentará a meu lado. Agora, quando encontro uma senhora simpática, um senhor de boas maneiras, uma mulher com perfume delicado ou um amigo que não vejo há tempo, nem me entusiasmo: ficarei na frente, eles no fundo da aeronave, ou vice-versa.

Tenho a impressão de que as companhias aéreas organizaram um complô para escolher a dedo meus companheiros de voo: tagarelas desenfreados, curiosos loucos para saber de minha vida íntima, espaçosos que se apoderam do braço da cadeira a cotoveladas, brutamontes que dormem e despencam para o meu lado, mal-encarados que não pedem desculpas quando esbarram em mim, neuróticos estúpidos que maltratam as comissárias de bordo, e, principalmente, crianças irrequietas.

Já viajei para Tóquio de classe econômica com o berreiro de um bebê na fileira da frente. Não que o marginalzinho asiático gritasse sem parar, aguardava para fazê-lo no exato instante em que eu pegava no sono. Fui para Los Angeles ao lado de um bêbado que derrubou um copo de vinho tinto no meu colo; para Manaus, prensado entre duas americanas opulentas que transbordavam sobre meu assento; e para não lembro onde, ouvindo um gaúcho descrever uma sucessão interminável de desastres aéreos.

Outro dia, na fila do embarque, vi uma mulher de rosto esculpido a cinzel, lábios grossos, rutilantes, cabelo crespo puxado para trás. Parecia uma divindade africana perdida no voo de Chicago para Miami.

Lógico que não sentou perto; passou por mim altaneira em direção às últimas fileiras do avião.

Abri um livro logo que mandaram desligar os celulares e fecharam as portas. Então, senti a mão da divindade em meu ombro: "Posso sentar a seu lado? Morro de medo. Na primeira fila sinto mais coragem".

Assim que o avião decolou, ela se achegou com doçura: "Incrível como você parece com meu pai".

Tirou uma fotografia da bolsa. Era um senhor negro de olhar alegre numa festa de aniversário, alto, de aparência cuidada, do tipo que as mulheres elogiam. Vestia uma camisa de manga comprida igual à que eu usava. Gostei da comparação.

Com intimidade descabida, ela descreveu a infância em Chicago, o curso na Universidade de Michigan, o encontro com o futuro marido na estação de trem, a paixão por ele, o nascimento da filha, a decepção ao descobrir que ele tinha outra, o amante que ela arranjou para se vingar e o retorno à casa dos pais.

Perguntou se minhas filhas conseguiam sentir-se adultas perto de mim. Ela, ao contrário, virava criança na presença do pai, razão pela qual havia fugido naquela tarde sem deixar paradeiro. Precisava de tempo para refletir, alguns dias de solidão na praia trariam a paz que buscava.

Tomou dois copos de vinho, escreveu um bilhete no guardanapo, pediu-me que olhasse dentro de seus olhos e perguntou se poderia confiar em mim. Queria que eu desse um telefonema de Miami para ler o recado contido no bilhete: "Papai querido, eu te amo, mas preciso crescer, já tenho 38 anos e uma filha de dezesseis. Não fugi de casa, saí de perto".

Despedimo-nos ao sair do avião. No portão de embarque para São Paulo, cumpri o prometido. Atendeu a mãe, o pai havia saído à procura da filha. Em meu melhor inglês, relatei o encontro casual e o pedido para ler a mensagem.

A senhora achou tudo estranho.

Tentei ser convincente, insisti que era médico, brasileiro, de volta para casa após um congresso, e que minha participação involuntária naquele drama familiar se limitava ao favor que acabara de prestar a uma desconhecida. Perda de tempo, não consegui convencê-la.

Depois de várias perguntas que eu não soube responder, a senhora acusou-me de lhe haver seduzido e raptado a filha. Quando ameaçou mandar a polícia atrás de mim, desliguei o telefone.

Tanta gente naquele avião, a moça tinha que sentar justamente a meu lado?

Uma rua em Hanói

Juro que nunca vi tanta moto ao mesmo tempo. Contadas as que trafegam um mês inteiro pela Vinte e Três de Maio, Radial Leste e nas Marginais, a soma não chega aos pés das motinhos e lambretas que circulam diariamente pelas ruas centrais de Hanói.

Na época da colonização francesa, a célebre capital do Vietnã ficou conhecida como a Cidade das Bicicletas, tradição que se manteve depois da guerra contra os Estados Unidos. Quando o governo comunista adotou modelo capitalista, entretanto, os vietnamitas resolveram transformá-la numa cidade motorizada.

"Não há assaltantes nas ruas, no máximo um batedor de carteira à moda antiga", avisou o porteiro do hotel. "Mas todo o cuidado é pouco ao atravessar as ruas; é um perigo, porque as motos trafegam nos dois sentidos e os semáforos são aves raras."

No final da preleção, o conselho mais relevante: "Os acidentes só acontecem quando o transeunte, assustado com o movimento, corre ao fazer a travessia. É preciso cruzar em passos lentos. Sangue-frio".

Acostumado a correr risco de morte nas ruas de São Paulo, Rio de Janeiro, Recife e outras metrópoles brasileiras, considerei provinciana a preocupação.

Entreguei ao taxista um cartão com o endereço anotado pelo funcionário do hotel, e seguimos em silêncio forçado.

Ao chegarmos ao destino, ele disparou a falar na língua natal e a fazer sinais que pareciam apontar para o outro lado da rua.

Assim que parei no meio-fio do cruzamento, percebi a dificuldade da empreitada: as motos vinham às centenas nos dois sentidos, num movimento ininterrupto embaralhado por ultrapassagens e conversões inesperadas à direita e à esquerda. O ronco dos motores era entrecortado por um buzinaço frenético, capaz de ensurdecer o mais barulhento de nossos motoqueiros.

Meu olhar aflito vasculhou o quarteirão à procura de um semáforo salvador ou de uma faixa de segurança, que fosse. Nem sombra de um nem da outra. Resolvi aguardar, na esperança de que o tráfego arrefecesse. Tempo perdido, era como se todos os vietnamitas tivessem saído de casa para circular de moto pela capital.

Quem sabe se no meio da quadra, sem as conversões para a direita e para a esquerda do cruzamento, não seria mais fácil?

Andei cem metros e parei. O tráfego e as buzinas intermitentes expuseram o ridículo de minha situação. Havia dado a volta ao mundo para chegar ao Vietnã, e acabara ali, paralisado na calçada, feito caipira na cidade grande, incapaz de encontrar uma brecha no trânsito.

Três vezes ensaiei descer do meio-fio. Numa delas consegui dar dois passos, para recuar de um salto assim que a primeira máquina infernal se aproximou ameaçadoramente, pilotada por um camicase com a mulher e o filho na garupa. Guardadas as devidas proporções, fiz ideia do que sofreram os soldados franceses e americanos atacados em campo de batalha por inimigos onipresentes, determinados a mandá-los de volta para casa.

Quando o desânimo estava prestes a me dominar, divisei duas escolares do lado oposto, perfiladas como bonecas chinesas. Em câmera lenta, elas desceram da calçada e atravessaram a rua a passos miúdos, sem mover a cabeça.

Não pude crer no que presenciei. Assim como as águas do mar Vermelho se afastaram para o povo judaico passar, as motos desviavam das meninas. Parecia um número de circo: quando a colisão se tornava iminente, o motoqueiro manobrava com habilidade para evitá-la.

Ao vê-las sãs e salvas perto de mim, fui tomado de brios, e ensaiei os primeiros passos. As motos começaram a passar por trás, pela frente e pelos lados. Que aflitivo aquele enxame motorizado em minha direção. Senti-me como se fosse um boneco de boliche alvejado por centenas de bolas de ferro, como se percorresse um desfiladeiro lotado de franco-atiradores, como se estivesse desprotegido, num morro povoado de balas perdidas.

Tive vontade de correr para acabar de uma vez com aquele suplício. Se tivessem que me atropelar, que o fizessem logo: nada é mais angustiante do que o sofrimento antecipatório.

Então, decidi fazer igualzinho às meninas: ir em frente bem devagar sem olhar para os lados; transferir para os motoristas a responsabilidade de preservar minha integridade física.

Por que não entregar a sorte em mãos alheias? Não faço assim nos aviões?

Deu certo, fui parar na outra calçada com o coração na boca, porém incólume. Ao conferir a numeração, no entanto, pude entender os sinais que o taxista me fazia quando chegamos. Eu havia confundido o lado da rua.

A sabedoria do velho Tibúrcio

Na saída do metrô escutei um vozeirão:

— Onde vai nessa pressa?

Era um ex-boxeador, filho de uma paciente que tratei nos tempos do Hospital do Câncer, conhecido como Nego Tibúrcio, corpulento, respeitado pelo destemor lendário ao lidar com o perigo. De calça preta, camisa vermelha e sapato reluzente, vinha com um amigo branco, tísico, de bigodinho, evadido das páginas de Nelson Rodrigues.

— O tempo passou só para mim, seu Tibúrcio?

— Que nada, o senhor continua magrinho, eu cada vez com mais peso, no corpo e na mente.

Em seguida, fez um convite para uma cerveja, que nem precisou ser pedida no bar em frente, porque o garçom já chegou com duas garrafas e uma tigela abarrotada de tremoços.

Falamos de nossas vidas, dos netos dele — orgulho do avô aposentado — e da saudade que ele sentia da mãe.

Apesar das boas lembranças, não demorei em perceber que o encontro havia interrompido uma conversa íntima entre os dois homens. Quando manifestei essa preocupação, seu Tibúrcio não se fez de rogado:

— De fato, o amigo Faustino, aqui, está desconsolado, devido que foi posto para fora de casa.

Faustino era escriturário casado há trinta anos com uma mulher que controlava seus passos o expediente inteiro. A marcação só afrouxou com o nascimento de uma neta que manteve a avó entretida em casa da filha. Mal Faustino conseguiu respirar aliviado, um telefonema anônimo pôs tudo a perder. Nele, uma voz feminina contava que o cafajeste, cara de santo, tinha um caso com uma colega; descreveu a moça e o endereço em que os dois se encontravam de manhã, antes de bater ponto.

A mulher preparou o flagrante, que só não foi completo porque o casal saiu mais cedo do ninho de amor. Ela deu com eles na porta da repartição e armou um escarcéu:

— Nunca passei tanta vergonha! Ela me xingou de crápula e a moça de tudo que é nome. O pior é que as mulheres que passavam davam força para a atitude dela. Uma senhora de idade disse até que era bem feito, porque homem nenhum presta.

Nessa altura o vozeirão de seu Tibúrcio interveio. Pediu ao amigo que não se descabelasse, porque a capacidade das mulheres de conceder perdão não conhecia limites. Para ilustrar, inclusive, ia contar uma história que havia se passado com ele, anos antes, quando a esposa dava plantão no Hospital do Mandaqui.

Três vezes por semana, ela entrava às sete da noite e saía às sete da manhã, direto para a casa de uma senhora inválida, de quem tomava conta até meio-dia. Numa dessas noites de liberdade, seu Tibúrcio saiu com o que chamava de "kit madrugada": sapato de treliça, calça branca de vinco e camisa de voal.

Quando adentrou o salão Coimbra, na avenida São João, vislumbrou uma mulata escultural, de minissaia e salto sete e meio, que não conversava com ninguém:

— Era uma nega linda, bojuda, do tipo casa de cupim. Parecia aquelas do Di Cavalcanti.

Pediu uma cuba-libre, um Peppermint para ela, e saíram de rosto colado pelo salão. Ele, inebriado pelo perfume:

— Era no tempo que elas fritavam o cabelo no ferro quente, passavam Hené Marú e davam brilho nas pernas com óleo de soja.

Altas horas da madrugada, ao entrarem em casa dele, seu Tibúrcio descobriu que o personagem de Di Cavalcanti também carregava seu kit:

— Abriu a bolsa, tirou um robe de chambre de seda vermelho carmim, e foi tomar uma leve ducha. Abri uma garrafa de Palhinha, que a situação econômica não estava para Dreher, e esperei sentado. Quando a nega saiu do banho, doutor, perdi a respiração. Veio de cinta-liga, igual à Marlene Dietrich naqueles filmes de guerra.

Às nove acordaram com o sol na janela. Ele enrolou uma toalha no corpo, pôs um disco do Adoniran na vitrola e foi passar o café. A mulata nua, de preguiça na cama.

Ao cruzar a sala de volta com a xícara fumegante para a moça deitada, seu Tibúrcio escutou barulho de chave na porta e uma voz familiar:

— Já falei para não fechar esse trinco.

Ficou paralisado com a xícara na mão. Quando recuperou os sentidos, correu atônito para o quarto e mandou a mulata se vestir depressa:

— Fazer o quê? No guarda-roupa ela não cabia, embaixo da cama não dava, com aquele bojo o colchão ia parecer corcova de camelo.

Então, houve por bem explicar que abriria a porta mas que, assim que o fizesse, ela devia pedir licença com educação e disparar para fora sem olhar para trás.

— Por que o senhor não pediu para ela sair pelos fundos?

— Casa de pobre tem fundos, doutor?

A mulata obedeceu ao pé da letra. Pediu licença, passou de minissaia e salto sete e meio pela esposa aturdida, e começou a atravessar a rua em passo firme. Foi quando ocorreu um pequeno incidente:

— Por obra do inesperado, o salto alto entalou no vão de dois paralelepípedos.

O escândalo no meio da rua não ficou nada a dever ao da mulher de Faustino na porta da repartição. Com a agravante de que seu Tibúrcio ouviu parte da descompostura de cócoras, posição em que tentava desencaixar o salto das pedras.

Durante a operação de desencaixe e o tempo que se seguiu a ela até a mulata virar a esquina em passo desconjuntado por causa do salto estropiado, ele fez de tudo para levar a esposa para dentro e livrar-se da vizinhança reunida nas janelas. No afã de convencê-la, insistia reiteradamente que poderia explicar tudo. Enlouquecida, ela respondia que uma traição daquelas não admitia explicação.

Quando finalmente entraram, ela pegou a mala e começou a tirar as roupas do marido do guarda-roupa, nervosa, dizendo que ele tinha desrespeitado o lar, que não passava de um ordinário sem-vergonha. Seu Tibúrcio batia na tecla da justificativa, que ela não o deixava apresentar. Insistiu tanto que, quando a mala ficou pronta, a esposa gritou:

— Tá bom, explica e desaparece da minha vista.

— Meu amor, não leve a mal, foi um momento de luxúria.

Viagem ao passado

Nasci no Brás durante a Segunda Guerra Mundial. Não havia outro bairro que encarnasse a quintessência da vida paulistana daquele tempo: imigrantes italianos, portugueses e espanhóis, operários e casas de cômodos.

As ruas viviam cheias de crianças que jogavam bola em frente aos muros das fábricas. Não existiam prédios, de todos os cantos eram visíveis as torres da igreja de Santo Antônio, onde meus pais e meus tios se casaram e batizaram os filhos. Do terraço do sobrado em que moravam meus avós maternos dava para ver o edifício Martinelli, orgulho da arquitetura da cidade.

Meu avô paterno imigrou sozinho para o Brasil com a sabedoria dos doze anos de idade. Nos ombros, a responsabilidade de enviar dinheiro à mãe e aos cinco irmãos mais novos que tinham acabado de perder o pai na Galícia, norte da Espanha. Em São Paulo, casou com uma conterrânea, e tiveram três filhos. Homem à antiga, proibiu minha avó de falar castelhano em casa: "Se os meninos aprenderem nossa língua, vão voltar à Espanha, e morrem numa guerra".

Meus avós maternos chegaram jovens e nunca mais retornaram a Portugal. Ele, baixinho e atarracado, tinha uma escrivaninha com tampo de correr e uma caligrafia perfeita que lhe assegurara o emprego de telegrafista no glorioso Corpo de Bombeiros de São Paulo. Ela, mulher de presença forte, andava sempre de preto. Todo fim de tarde, entretida com o bordado, ouvia os poemas de Bocage e os romances de Eça de Queiroz que o marido lia em voz alta.

Minha infância foi marcada pelo futebol na calçada da fábrica em frente de casa, pelos operários que iam cedo com suas marmitas para o trabalho, pelas mães que gritavam o nome dos filhos na hora das refeições e pelas brigas das mulheres nas casas de cômodos aos domingos, dias em que a disputa pelo uso do tanque, do varal e do banheiro coletivo se tornava acirrada.

Por descender de imigrantes que romperam laços com a península Ibérica, jamais senti que algum compromisso me ligava a seus países de origem. Exceto pela afinidade cultural transmitida pelos costumes familiares, nunca me passou pela cabeça que eu pudesse estar associado a outra nacionalidade.

Trinta anos atrás, fui ao cinema ver *Bodas de sangue*, filme do espanhol Carlos Saura. Fiquei espantado com aqueles bailarinos esguios, que tinham o mesmo tipo de calvície que eu, e com a semelhança física entre eles e as mulheres e homens que frequentavam a casa de meus avós. Pela primeira vez percebi que meus genes chegaram até mim graças à competição e à seleção natural que deu origem aos povos ibéricos.

Com plena consciência dessa aventura evolutiva, tenho viajado para Portugal e Espanha a trabalho. Não existe comparação entre a vida atual nesses países e aquela que forçou meus avós a emigrar. A adesão à Comunidade Europeia revitalizou a economia, tornou as cidades seguras e bem cuidadas, criou empregos e mecanismos sociais para amparar os mais frágeis.

Se no início do século passado esses países dispusessem dos

recursos de hoje para proteger seus agricultores, é quase certo que meus avós jamais cogitariam a hipótese de emigrar. Teriam vivido em suas aldeias, sem privações, com assistência médica gratuita e aposentadorias decentes na velhice.

Nessas circunstâncias, leitor, quem sairia prejudicado? O autor desta crônica. Primeiro, porque minha mãe e meu pai teriam sido criados a quilômetros de distância um do outro, condição nem um pouco favorável à minha concepção. Depois porque, ainda que tal encontro viesse a ocorrer, eu não teria experimentado a alegria de viver no meio de brasileiros.

Muitos argumentarão que, nesse caso, eu não moraria num país com tanta desigualdade, corrupção generalizada, impunidade, violência urbana e falta de educação.

É verdade, nos países ricos esses problemas são incomparavelmente menos graves, mas em minha visão há outro lado: neles, as relações humanas são mais distantes e a vida cotidiana repetitiva e previsível. Não sobra espaço para o imprevisto. O encontro com a felicidade exige planejamento bastante antecipado: a visita a um amigo daí a três meses, a reserva de hotel para as férias do verão de 2015, os ingressos para um espetáculo que será apresentado seis meses mais tarde.

Organização, serviços públicos de qualidade, leis rigorosas e aposentadorias dignas são privilégios que garantem conforto, segurança e civilidade, bens invejados pelos que não têm acesso a eles, mas que não parecem trazer alegria aos povos que deles desfrutam.

Seu Nicola

Para seu Nicola, a palavra empenhada valia mais do que contrato em cartório. Órfão aos quinze anos, imigrara para o Brasil com a incumbência de sustentar a mãe e seis irmãos menores que haviam ficado na Calábria, como não se cansava de repetir para os filhos e para os funcionários da gráfica montada por ele depois de trinta anos de trabalho.

Em São Paulo, conheceu dona Constância, uma aluna das freiras do Santa Inês, nos Campos Elíseos, filha de italianos do norte que não viram com bons olhos o namoro com aquele pobretão calabrês. A moça, porém, enfrentou com tamanha obstinação a resistência paterna que, na véspera do casamento, o noivo prometeu, emocionado:

— Juro que vou fazer você feliz para sempre.

Prometeu e não deixou de cumprir, como era de seu feitio. Em mais de quarenta anos de vida em comum, dona Constância podia queixar-se do jeito às vezes ríspido do marido, da rigidez de princípios e da ausência de declarações amorosas, mas de falta de consideração, jamais. Desde os tempos de agruras financeiras aos da casa confortável e das viagens para a Europa, seu Nicola nunca levantou a voz para a esposa ou discordou dela diante dos filhos ou de quem fosse; no dia 3 de cada mês, impreterivelmente, chegava em casa com uma lembrança para festejar o dia em que o matrimônio os unira.

Tiveram três filhos: dois rapazes, que trabalhavam na gráfica, e uma menina dez anos mais nova que eles, educada à moda antiga; a única pessoa capaz de fazer do pai gato e sapato, segundo diziam os irmãos.

Conheci seu Nicola quando ele tinha sessenta anos: corpulento, sempre de terno escuro, com o semblante austero, como se estivesse para comunicar algo grave a qualquer momento. Na hora do jantar, sentava-se à mesa com a família e rezava uma prece em calabrês, depois da qual todos falavam ao mesmo tempo até soar o primeiro acorde da trilha sonora do noticiário da TV, senha infalível para que o silêncio se instalasse de imediato. Gabava-se de ser um homem do trabalho para casa, com exceção das quartas-feiras, noites em que se reunia com um grupo de conterrâneos no mesmo salão de bilhar dos tempos de solteiro.

No dia em que a filha completou dezoito anos, pediu ao pai autorização para namorar um rapaz dez anos mais velho. Ele foi contra: achava a diferença de idade muito grande. A insistência respeitosa da esposa e a melancolia infindável da filha, entretanto, fizeram-no rever a decisão.

Encontrou-se com o pretendente no escritório da gráfica. O rapaz explicou que tinha intenção de casar com uma moça sem experiência prévia, ser fiel a ela e constituir família; jamais seria desses homens que trancam a mulher em casa, para ir atrás de outras.

À noite, a sós com dona Constância, seu Nicola comentaria o encontro:

— Parece um moço correto, mas se veste na moda, e é mais perfumado do que mão de barbeiro.

A convivência se encarregou de amenizar as idiossincrasias do sogro, que chegou a apresentar o futuro genro aos companheiros das quartas-feiras.

Mas, a menos de um mês da cerimônia de casamento, a harmonia doméstica foi abalada, numa noite em que seu Nicola saiu para o bilhar tradicional. No caminho de volta, como acontecia ocasionalmente, decidiu visitar uma amiga numa casa de tolerância.

Estava com ela, quando ouviu gritos no quarto vizinho. A mulher berrava que os favores solicitados pelo cliente ela só prestaria por amor a alguém que merecesse, jamais a um homem naquele estado. No momento em que a altercação saiu para o corredor, seu Nicola, precavido, espiou por uma fresta na porta.

Não pôde acreditar: era o futuro genro de cueca, embriagado, contido por um leão de chácara para não agredir a mulher.

Quando chegou em casa, seu Nicola reuniu a esposa e os filhos. Disse à filha que desmanchasse imediatamente o namoro com aquele tipo à toa e, diante de todos, descreveu a cena a que assistira no bordel. No fim, justificou sua presença naquele local:

— Sou um homem de bem, fiel à mãe de vocês, mas tive um momento de fraqueza. Ele não! É cafajeste sem vergonha na cara.

Dias mais tarde, os amigos comentavam no bilhar:

— Homem de caráter! Colocou em risco quarenta anos de casamento para proteger a filha de um mau passo.

O taxista

Minha desventura foi cometer a imprudência de contradizê--lo. Nunca vi um homem tão cheio de certezas.

Havia entrado no táxi sem vontade de conversar, massacrado por um voo noturno num desses aviões com poltronas projetadas sem levar em conta que um ser humano possa ultrapassar um metro e trinta.

Viemos em silêncio até cair na via Dutra e o locutor do rádio noticiar mais um assalto aos cofres públicos, rotina na vida brasileira.

— Políticos! Cambada de corja — esbravejou o taxista.

— Há gente honesta em qualquer profissão — caí na besteira de dizer.

— Se o senhor é um deles, vai me desculpar, mas são todos ladrões, sem exceção. Quando se candidatam, não precisam de dinheiro para a campanha? Onde vão buscar? No caixa dois dos empresários; dinheiro sujo, surrupiado do governo. Depois de eleitos, devolvem o que sobrou? O senhor já viu algum deles doar sobra de campanha para uma instituição de caridade?

Decidido a encurtar o assunto, respondi que não conhecia os meandros eleitorais, mas ele insistiu:

— O senhor acha que um deputado, um senador, ganha bem?

Nem esperou resposta:

— Deviam ganhar 50 mil por mês; não tem problema, o país pode pagar. Agora, foi pego roubando: crime hediondo. No mínimo dez anos de cadeia em regime fechado, sem essa pouca--vergonha de visita íntima.

Emendou com uma enxurrada de impropérios contra os ladrões de todas as categorias. Indivíduos desprezíveis que tiram a tranquilidade da população, obrigada a gradear as casas para se proteger, mesmo nos bairros mais humildes.

— Está certo trancar o cidadão de boa índole e deixar o vagabundo em liberdade?

A solução?

— Simples: dar carta branca aos homens da lei. Atirou em policial, morreu. Foi para a cadeia, vai trabalhar doze horas por dia com uma bola de ferro no pé para não fugir. Quero ver se depois de um dia no batente pesado vão ter disposição para ficar conversando no celular.

Fez a ressalva, no entanto, de que não trabalhariam como escravos (deixou claro ser um homem civilizado, portanto contra a escravidão), ganhariam para sustentar os filhos, caso os tivessem, ou para recomeçar a vida em liberdade.

Para coibir a marginalidade, a partir da segunda prisão as penas seriam progressivas. Para os reincidentes contumazes, prisão perpétua, já que os defensores dos direitos humanos jamais aceitariam a punição por ele considerada ideal.

Dinheiro não faltaria para construir quantas cadeias fossem necessárias, nem para aplicar em programas sociais, se a roubalheira acabasse, se o Banco Central reduzisse os juros a fim de que os espíritos empreendedores criassem empregos, e se todos recolhessem os impostos devidos.

— Você paga os seus? — perguntei.

— Não, mas pagaria com prazer se o governo fizesse a parte dele. Meus filhos estudam em escola particular, pago convênio médico, o segurança da minha rua e um plano de aposentadoria para não acabar na miséria. Recebo o quê, em troca?

A conversa foi por esse caminho. Em quarenta minutos, meu interlocutor resolveu os problemas da educação, da saúde, da desigualdade social, da poluição, e até do trânsito de São Paulo:

— É só recolher os veículos velhos, que quebram nas vias expressas, e proibir estacionamento nas ruas. Deixar o carro parado o dia inteiro atravancando a passagem. A cidade é dele? Não tem garagem nem dinheiro para o estacionamento e quer ter carro?

Quando chegamos à esquina de casa, interrompi o monólogo:

— Já que você tem solução para todos os problemas nacionais, por que não se candidata a deputado?

— O senhor deve estar pensando que sou perfeito, que nunca faço coisa errada.

— E faz?

Seu rosto ficou sério:

— Sou casado e tenho outra há cinco anos.

— E consegue administrar as duas?

Ficou mais sério ainda:

— O homem que tem duas mulheres é obrigado a virar artista.

— E se sua esposa descobrir?

— Não confirmo nem sob tortura. Nego até a morte.

— Como os políticos acusados de roubo?

Ele olhou em minha direção, reflexivo:

— Agora o senhor está querendo me confundir.

Coração amargurado

Entrei no táxi falando no celular. Quando desliguei, percebi que o motorista me olhava de soslaio:

— O senhor não é aquele médico que dá conselho na televisão?

Pensei em explicar que não eram conselhos, mas concordar simplificava.

Assim que comecei a digitar os números do telefonema seguinte, ele interrompeu com delicadeza:

— O senhor teria paciência para ouvir um coração amargurado?

Em meu lugar, leitor, você diria não?

— Doutor, vivi com duas mulheres. A primeira era garota de programa; a segunda, uma evangélica fervorosa que nem nua na minha frente ficava. Adivinha qual das duas me deu problema?

— A santa.

— Como o senhor sabe?

A garota de programa era vizinha de quarto na pensão da alameda Glete, onde ele foi morar quando chegou em São Paulo

80

aos dezenove anos, sem ter um gato para puxar pelo rabo, segundo ressaltou.

A moça havia fugido de Pernambuco com dezesseis anos para escapar das investidas do padrasto, que a mãe insistia em considerar simples manifestações de carinho. Aqui, conseguiu emprego numa fábrica de roupas na rua Oriente, para trabalhar doze horas por dia na máquina de costura. Três meses depois que a fábrica foi à falência, estava ameaçada de despejo do quartinho alugado no Brás, quando surgiu a inevitável amiga bem-vestida que a apresentou ao dono de um inferninho na Zona Norte.

A solidão aproximou os dois na pensão da alameda Glete. Nos fins de semana, passavam horas conversando; às vezes saíam para passear, mas não se tocavam.

Depois de meses de convivência, ele a beijou. Ela disse que nunca havia sido tratada com tanto respeito; por um homem como ele abandonaria a vida na noite, seria uma companheira dedicada e sincera.

Sem casar no papel, viveram em harmonia durante oito anos, num sobradinho do Jaçanã:

— Minha casa era um brinco. Se disser que ela me deu motivo para desconfiar que estivesse interessada em outro homem, estou mentindo.

Quando foi promovido a encarregado do almoxarifado da firma em que trabalhava, ele conheceu a outra, mocinha, evangélica recatada que corava na presença do chefe. A esposa ideal para constituir família, concluiu.

A separação foi dolorosa. A primeira mulher chorou muito, mas não entrou em desespero, pressentia o desenlace: ele nunca esqueceria o passado.

— Eu também sofri feito cachorro. Gostava mais dela do que da outra.

Mesmo assim, casou com a evangélica no civil e no religioso, tiveram duas filhas criadas em obediência aos princípios religiosos da mãe e um neto que havia acabado de nascer.

Com a segunda mulher não havia clima para os arroubos de paixão carnal que povoaram as noites do primeiro casamento, ausência compensada pela tranquilidade da vida familiar e de uma relação afetiva tépida, sem sobressaltos:

— Nunca usou um decote, uma saia curta. Se íamos a um aniversário, ficava entre as mulheres, nem perto dos homens chegava.

Entregue de corpo e alma à família, a esposa experimentou a sensação de vazio que se instala em mulheres como ela, quando os filhos saem de casa. Passava os dias entristecida, sem ânimo até para pentear o cabelo, à espera de que o marido voltasse do trabalho.

Por sugestão de um amigo que enfrentara problema semelhante, ele comprou um computador para distraí-la durante o dia.

A transformação impressionou a família inteira. Em poucos dias ela parou de reclamar da vida, virou uma mulher alegre e extrovertida; até roupas coloridas saiu para comprar.

Cinco dias antes de nosso encontro no táxi, aconteceu o inesperado: pela primeira vez ela não estava em casa quando ele chegou. Nem na casa das filhas. No espelho do banheiro havia um bilhete: "Conheci um rapaz pela internet. Fugi com ele. Não me procure, tenho direito de buscar a felicidade".

— Veja quanta ingratidão. Com o computador, que ainda faltam duas prestações para pagar.

— Você foi atrás dela?

— Feito louco. Com o revólver.

— Não faça uma besteira dessas. Vai acabar na cadeia, cheio de remorsos. Suas filhas jamais o perdoarão. Mulheres não faltam, encontre outra, é a melhor maneira de esquecer.

— Agora, vou lhe dizer do fundo do coração, doutor: se um dia eu arrumar outra, vai ser uma mulher de programa.

Sete Dedos, Meneghetti, Promessinha

O crime não compensa, dizia com ênfase o locutor no final. No tempo em que ter um rádio era privilégio de poucos no bairro do Brás, os vizinhos se reuniam religiosamente em casa de meu tio Constantino para ouvir um programa da antiga rádio Record que dramatizava as peripécias dos criminosos mais temidos da cidade.

De calça curta, com a respiração presa, eu escutava as aventuras de Sete Dedos, Meneghetti, Dioguinho, Boca de Traíra, Promessinha, invariavelmente mandados para trás das grades pela diligente polícia paulistana, para provar que de fato o crime não compensava.

A licenciosidade do tio que permitia minha intromissão no mundo dos adultos me transformava em centro das atenções da molecada no dia seguinte. Eu relatava as histórias nos mínimos detalhes, auscultando as reações da plateia à descrição das fugas espetaculares de Meneghetti feito gato pelos telhados, da frieza de Sete Dedos ao invadir casas alheias enquanto a família dormia e da perversidade de Promessinha ao perguntar se a vítima preferia tiro ou beliscão, dado com um alicate no umbigo dos que optavam pela segunda alternativa.

Vieram os anos 60, e surgiu no submundo a figura do bandido-malandro, mistura de ladrão, boêmio, contrabandista, traficante de maconha e de anfetamina, explorador do lenocínio e das casas de jogo. Eram marginais como Hiroito, intitulado Rei da Boca do Lixo, Nelsinho da 45, Marinheiro, Brandãozinho e Quinzinho, célebre contador de casos, que concentravam suas atividades nas imediações das ruas Vitória, Santa Ifigênia, dos Gusmões, dos Andradas e dos Protestantes.

No fim da década de 80, quando iniciei meu trabalho na Casa de Detenção, conheci presos mais velhos que haviam cumprido pena com esses homens. Diziam que Sete Dedos mostrava educação exemplar — desde que não fosse chamado pela alcunha; que o italiano Meneghetti era um senhor de respeito; que o franzino e míope Hiroito se impunha pela inteligência no relacionamento social. Eram homens seguidores de três princípios éticos fundamentais do mundo do crime: jamais delatar, cumprir a palavra empenhada e respeitar os familiares dos companheiros.

Já no final dos anos 70, a cocaína se insinuara entre a marginalidade, e se alastrou feito epidemia social na década seguinte. A partir dos 90 a cocaína em pó cedeu lugar ao crack, que tomou conta da periferia de São Paulo e invadiu as prisões, subvertendo a hierarquia e os valores éticos. A lucratividade e a necessidade de divisão do trabalho para otimizar o tráfico e a distribuição da droga levaram à formação de quadrilhas e associações de criminosos.

A velha ordem imposta pelos bandidos famosos por sua trajetória marginal foi desalojada pela lógica de mercado baseada no lucro, segundo a qual os personagens se tornaram peças anônimas, descartáveis. Os princípios do passado foram substituídos por um só: "Contra a força não existe argumento". Entramos na época do Crime sem face humana, impessoal, quadrilheiro, em que a vida do criminoso pode ser suprimida com a mesma imprevisibilidade com que ele tira a vida alheia.

Acontecimentos inesquecíveis

Memórias carregadas de emoção são guardadas a sete chaves nos subterrâneos do cérebro. As emoções liberam mediadores bioquímicos que ativam os circuitos de neurônios responsáveis pela memorização.

Por isso recordamos com tanta nitidez o dia do nascimento de um filho, o momento em que recebemos a notícia da morte de uma pessoa querida, o lugar onde estávamos quando soubemos que Ayrton Senna sofreu o acidente fatal ou naquele instante em que os aviões destruíram as torres de Nova York.

No dia 11 de setembro de 2001 eu estava num hotel na cidade de Baltimore — a meia hora de carro de Washington —, na conferência anual organizada pelo dr. Robert Gallo, um dos descobridores do vírus da aids.

Participam desse encontro para discutir ciência básica cerca de quinhentos pesquisadores da Europa, do Japão e principalmente dos Estados Unidos. A presença maciça dos americanos explica-se não apenas pela proximidade geográfica, mas pela supremacia incontestável que eles exercem no campo da biologia (nela incluída a medicina).

Isso se deve à vontade política dos americanos, que investem 3% de seu imenso Produto Nacional Bruto em pesquisa e tecnologia enquanto raros países europeus chegam a 1% e o Brasil não passa de 0,22%. Para dar ideia do que tais números representam: dois anos atrás, os países mais ricos da Comunidade Europeia aplicavam em média 20 milhões de dólares por ano em estudos sobre a aids, e o orçamento americano ultrapassava 750 milhões.

Ao tomar conhecimento desses percentuais, o pesquisador belga Arsène Burny resmungou a meu lado:

— Comparados aos americanos, estamos brincando de achar a cura da aids.

A razão do sucesso dos Estados Unidos em pesquisa e tecnologia, no entanto, não pode ser reduzida à simples questão do volume de recursos alocados.

Lá, os principais laboratórios são caldeirões em que se misturam cientistas dos quatro cantos do mundo, atraídos pela possibilidade de descobertas capazes de lhes assegurar reconhecimento internacional e patrocínio para futuros estudos. Do choque resultante dessa miscigenação surge o caldo de cultura no qual se formarão os grandes talentos.

Sem a hierarquia rígida dos europeus e o apego à vitaliciedade dos cargos tão a gosto dos latinos, nos Estados Unidos as contratações são assinadas por período limitado. No fim desse prazo, a qualidade dos trabalhos publicados e os recursos financeiros públicos ou privados que o pesquisador foi capaz de obter para o laboratório serão julgados de acordo com critérios objetivos. Em caso de avaliação negativa o contrato estará cancelado, automaticamente. Na competição, os cientistas mais brilhantes são disputados por universidades e centros de pesquisa a peso de ouro, como se fossem jogadores de futebol.

Naquele 11 de setembro, a manhã obedecia à rotina dos encontros conduzidos pelo dr. Gallo, em que cada palestrante apresenta os dados sobre seus trabalhos durante quinze minutos, seguidos de mais cinco para perguntas. A exiguidade de tempo é justificada pelo grande número de expositores e pelo fato de que, segundo o organizador, "quem não consegue explicar em quinze minutos o que faz é porque não sabe direito o que está fazendo".

No pódio, um especialista havia terminado de falar sobre as peripécias das proteínas para dobrar-se dentro das células, quando o dr. Gallo interrompeu em tom calmo:

— Acabo de receber a notícia de que um avião se chocou contra o World Trade Center. Parece ter sido um ato de terrorismo. Como o objetivo dessas ações é paralisar o país, não faremos o que eles esperam.

No mesmo tom, anunciou o palestrante seguinte, que fez sua exposição como se nada houvesse acontecido. No final dela Robert Gallo interrompeu mais uma vez:

— O ataque foi mais destruidor. Dois aviões se chocaram e as torres caíram. Vamos interromper a conferência por trinta minutos, para que aqueles com parentes em Nova York possam telefonar para casa. Insisto que estejam todos de volta em trinta minutos para retornarmos o mais cedo possível à normalidade.

Em ordem, saímos do salão de conferências. O pessoal do hotel havia espalhado vários televisores pelo saguão. Parei diante de um deles no meio de um círculo de quarenta ou cinquenta pessoas. O locutor falava sobre a tragédia. De repente, na tela surgiu a imagem do segundo avião atingindo a outra torre. Atrás de mim ouvi a voz abafada de um homem: "*No!*". A meu lado, uma pesquisadora da Universidade Stanford tirou um lencinho bordado e enxugou as lágrimas com delicadeza, antes que escorressem pelo rosto.

Foram as únicas manifestações daquelas pessoas em volta da TV.

Não foi possível reiniciar o evento em trinta minutos, porém uma hora depois estávamos todos sentados para assistir à apresentação seguinte. Com os aviões proibidos de voar, alguns conferencistas faltaram, mas foram substituídos. O evento continuou até sábado, exatamente conforme planejado.

Os sabiás de São Paulo

Minha terra não tem palmeiras, mas como cantam os sabiás. Não o fazem o ano todo; a temporada musical inicia em julho e termina no fim do ano, quando se calam à espera da próxima estação de acasalamento.

Se, como afirmam os ornitólogos, o macho só se dá ao trabalho de cantar porque a música enternece o coração feminino, o sabiá é o mais mulherengo dos pássaros. Antes das quatro da manhã, enquanto a cidade vive os últimos momentos de tranquilidade, já começam: um daqui, outro ao longe, num trinado melódico interrompido por pausas longas.

No meio de vozes tão semelhantes, que sutilezas o ouvido feminino é capaz de discernir na hora de escolher o pretendente?

Quando os demais pássaros despertam e os pontos de ônibus se enchem de gente ensimesmada, ainda é possível ouvir sua música inconfundível no alto das árvores. O frenesi dos motores e das buzinas não tem o poder de intimidá-los.

Pouco mais tarde, movidos pela fome, dão o ar da graça nas

praças, nos jardins das casas e até nas calçadas mais ermas, saltando ágeis com as pernas juntas para ciscar a terra, com o cuidado de baixar a cabeça para bicar o alimento sem perder de vista o transeunte. À menor desconfiança, colocam-se em posição de alerta, com o peito alaranjado protraído, e alçam voo na direção de um lugar seguro. Alimentados, amoitam-se quietinhos sabe Deus onde. Passam o dia como se não existissem, à espera do fim de tarde para reiniciar a cantoria. Nessas horas de reclusão, dormem para compensar a boemia da madrugada? Namoram as parceiras conquistadas pelo talento musical?

Não havia sabiás no bairro em que passei a infância. O Brás era cinzento, com ruas de paralelepípedos, muros de fábricas, operários com marmitas, e criançada na rua. Quem quisesse descansar os olhos num verde precisava andar até o largo Santo Antônio, único espaço com árvores plantadas.

Só os pardais ousavam viver em nossa vizinhança. Faziam ninhos nos telhados das casas e, sempre ariscos, prontos para bater asas, corriam atrás das migalhas de pão que atirávamos para atraí-los. Eu os achava graciosos, mas não me emocionavam: pardais só sabem piar.

Tio Constantino tinha um viveiro repleto de canários-do--reino. No mês de junho ele apartava os casais em gaiolas com ninhos. Quando os filhotes nasciam, eu ajudava a alimentá-los com uma papa feita de leite, pão e gema de ovo. Era uma alegria vê-los crescidos, amarelinhos, com penas cinzentas nas asas e na cabeça, voando de um poleiro a outro. Os canários são exímios cantores; quando um se punha a cantar, os outros o imitavam com tanta fúria que chegavam a perder o fôlego para sobrepujá-lo. As vozes melosas das novelas de rádio que as mulheres escutavam enquanto cumpriam as obrigações diárias nas casas coletivas não os faziam calar.

Quando meu pai contava que no Brás dos tempos dele a

molecada nadava no Tietê e que havia tico-ticos, sabiás, rolinhas, bem-te-vis, azulões e bicos-de-lacre nas ruas do bairro, eu morria de inveja. Imaginava como deviam ser felizes as crianças com um rio para mergulhar e passarinhos para ver.

A cidade cresceu, plantou árvores, os meninos abandonaram os estilingues, companheiros inseparáveis de outrora, e os pássaros retornaram em bandos. Da janela do apartamento onde moro, a quinhentos metros da avenida Ipiranga, no centro de São Paulo, posso escutar, além dos sabiás, a algazarra infernal das maritacas, acompanhar o voo rasante das andorinhas, ver sanhaços de plumagem azul, chupins negros que põem seus ovos nos ninhos dos tico-ticos, beija-flores de asas invisíveis parados no ar feito miniaturas de helicópteros, rolinhas de papo claro e andar desengonçado, bem-te-vis de peito amarelo empoleirados como sentinelas nas antenas de tv. Até alma-de-gato, ave marrom de tamanho avantajado e rabo comprido, cheguei a ver meses atrás nos galhos da amoreira em frente de casa.

O retorno dos pássaros à cidade é intrigante. Em que paragens se escondiam? Por que decidiram trocar a vida rural pela cidade grande?

Se gozam da liberdade de voar para o sítio que mais lhes convém, por que razão escolhem fixar moradia justamente na cidade barulhenta, congestionada e poluída?

Quieto a observá-los nesta manhã de sábado, imagino que talvez sejam como eu, animais sobretudo urbanos. É provável que encontrem prazer ao admirar paisagens bucólicas e que a paz campestre lhes seja aprazível durante um fim de semana, mas que considerem passar a vida na monotonia previsível do campo experiência angustiante, difícil de aguentar.

Salva de palmas

Estávamos em 1964. Nos cursinhos preparatórios para o vestibular de medicina havia aula todos os domingos, das sete da manhã à uma da tarde, e aluno nenhum faltava. Contando parece mentira de professor velho: as salas tinham mais de trezentos estudantes interessados a ponto de, na maioria delas, não precisarmos chamar-lhes a atenção uma vez sequer durante o ano inteiro.

Passei um problema de química, e virei-me para o quadro-negro a fim de armar a solução enquanto a classe em silêncio procurava resolvê-lo.

Que falta faz o quadro-negro, a maior invenção da Didática em todos os tempos, substituída mais tarde pela insossa projeção de slides e, posteriormente, pela praga computadorizada que se disseminou da escola primária aos congressos de especialistas, chamada data show, capaz de transformar mestres inspirados em expositores sem imaginação.

No quadro-negro o giz desenha imagens criadas em tempo real com o raciocínio desenvolvido pelo professor, personagem

93

central da transmissão do conhecimento e foco de todas as atenções. Os recursos audiovisuais modernos projetam a informação de maneira impessoal, muitas vezes antes das palavras do expositor, de modo que a tela iluminada compete com ele e monopoliza a atenção da plateia. O audiovisual, método complementar que deveria ser usado apenas para exibir imagens e estruturas em movimento, rouba a cena do protagonista, enquanto o quadro-negro é o palco em que ganham vida os pensamentos daquele que ensina.

O bom professor é um ator emocionado com o texto que pretende transmitir. Procura convencer seus discípulos de forma obstinada, de frente para eles, se possível em pé, com voz firme e olhar determinado, fixo nos olhos deles para perscrutar como reagem seus espíritos a cada palavra pronunciada. É possível criar essa magia com um ser falando no escuro, relegado ao papel de coadjuvante de uma tela de plástico na qual se desenrola a ação?

Mas voltemos à sala do cursinho às sete da manhã. Escrevendo no quadro, de costas para os alunos compenetrados na solução do problema, fui surpreendido por uma gritaria acompanhada de assobios iguais aos das torcidas de futebol. Virei-me para a classe e não vi o que justificasse tanto alvoroço; apenas uma aluna retardatária passava de cabeça baixa entre as fileiras para chegar a um assento vazio.

Perguntei a um rapaz magro, bem alto, de nariz proeminente e óculos, que atendia pela alcunha de Professor Pardal, sentado na primeira fila, o que havia acontecido.

"É uma louca que entrou de calça comprida", respondeu com naturalidade.

Em 1964, na maior cidade brasileira, quando o mundo ensaiava os primeiros passos da revolução sexual que se seguiu à descoberta da pílula, uma menina ir ao cursinho de calça comprida num domingo de manhã era motivo de escândalo.

No mesmo ano, a caminho da faculdade, vi pela janela do

ônibus uma mulher com jeito de estrangeira na calçada do Trianon, em plena avenida Paulista, com um cigarro no canto da boca, empurrando um carrinho de bebê. Muitas mulheres já fumavam na época, mas aquela foi a primeira que vi ousar fazê-lo na rua.

Relembro esses casos para falar a respeito de uma aula dada por mim, no Dia Internacional da Mulher, para uma plateia de 450 mulheres, a pedido de uma associação de funcionários públicos de São Paulo. O tema, "saúde da mulher".

Como parte considerável da audiência era constituída por funcionárias com mais de quarenta anos, muitas das quais aposentadas, falei sobre os agravos de saúde mais prevalentes nessa faixa etária: hipertensão arterial, diabetes, obesidade, doenças cardiovasculares, vida sedentária, e sobre os problemas que a menopausa pode causar. Quando terminei, três microfones sem fio foram colocados à disposição para dúvidas e comentários.

A primeira a se manifestar foi uma mulher que parecia ter cinquenta anos: queria saber o impacto da reposição hormonal na libido na fase de menopausa; a segunda perguntou por que algumas mulheres têm mais desejo sexual; a terceira, se era normal perder o interesse por sexo depois de trinta anos de casamento. E por aí afora, sempre em torno da problemática sexual.

Foram tantas as questões, que comentei em tom de brincadeira: "Em matéria de saúde, esse é o único tema que interessa às senhoras?".

Foi uma risada geral; interrompida pela intervenção de uma senhora de cabelos brancos — que mais tarde revelou ter 83 anos —, aparentemente muito bem-disposta, que, em pé, perguntou até que idade a Medicina aconselhava às mulheres manter atividade sexual.

Respondi que algumas enfermidades são capazes de interferir na libido, dificultar ou mesmo impedir o ato sexual, mas que, descontadas essas situações patológicas, a natureza não havia imposto limites à duração da vida sexual. Do ponto de vista médico, acrescentei, as mulheres podem manter relações enquanto estiverem vivas.

Foi a maior salva de palmas que recebi na vida.

De pernas para o ar

Um congresso no Rio de Janeiro e uma visita à boate Help viraram de pernas para o ar a vida do cientista britânico.

John nasceu há mais de cinquenta anos numa cidadezinha no norte da Inglaterra. Neto de um pastor anglicano, foi criado dentro dos princípios rígidos da educação inglesa daquele tempo, que lhe custaram disciplina férrea em casa e oito anos de internato em colégio religioso, para onde foi mandado logo que a irmã caçula veio ao mundo.

Tinha cinco anos de idade quando o pai o deixou, de terninho e gravata, na sala do diretor do colégio, com a malinha de roupas e um nó na garganta. Diz que só conseguiu conter o choro por causa do ar de reprovação antecipada estampado no cenho do progenitor.

No primeiro dia de aula, assim que tocou o sino do recreio, John, louco de vontade de urinar, perguntou a um colega mais velho onde era o banheiro. De maldade, o menino garantiu que costumavam ir atrás de uma árvore próxima. Morto de vergonha atrás do tronco, enquanto os coleguinhas riam e apontavam para ele, foi agarrado pelos cabelos pela supervisora de disciplina e espancado com uma régua de madeira, da qual a educadora jamais se separava.

Quando ele contou que o local havia sido indicado pelo aluno mais velho, a mulher não teve dúvida: largou-o com as pernas cheias de vergões, agarrou o outro pelos cabelos e repetiu a cena de espancamento didático.

Formar-se em medicina foi um custo. Não que lhe faltasse interesse, os processos biológicos envolvidos no funcionamento das células o fascinavam; sua dificuldade era com a clínica: não tinha a menor vocação para lidar com doentes. Dizia que, se não fosse necessário conversar com eles nem aturar suas famílias, de bom grado teria se dedicado à infectologia; diante da perspectiva contrária, no entanto, escolhera relacionar-se com os vírus, seres infinitamente mais silenciosos.

Ao obter o diploma, mudou-se para Cambridge, contratado para trabalhar com vírus causadores de câncer em seres humanos e em outros animais. Pesquisador engenhoso, quatro anos depois recebeu um convite irrecusável de uma universidade da Califórnia.

Lá, casou e teve três filhos com uma americana de família tradicional, mulher de temperamento enérgico, fanática pela organização metódica do cotidiano, que cuidava dos meninos e do lar como se não houvesse um marido. Os afazeres domésticos e a educação dos filhos a cargo da esposa, a vida emocional sem sobressaltos e o talento na profissão permitiram que ele publicasse mais de trezentos trabalhos científicos, e realizasse a proeza de fazê-lo pelo menos uma vez por ano em revistas como *Cell*, *Science* ou *Nature*, nas quais publicar um só artigo durante toda a existência é motivo de orgulho para qualquer mortal.

Então, aconteceu a viagem para a conferência do Rio.

Na primeira noite, no saguão do hotel, quando estava prestes a recolher-se, dois conterrâneos sugeriram o tal programa na Help. Cansado, John hesitou, mas a voz do destino falou com mais força.

Na confusão da boate, uma morena de saia justa, braços de fora e uma flor lilás no cabelo parou desafiadora diante dele, sorriu e tirou-o para dançar.

John quase não deu a aula marcada para o dia seguinte. No sábado, adiou por cinco dias a viagem de volta. Nos seis meses que se sucederam, veio três vezes para o Brasil, foi apresentado à família da moça na favela da Maré e aceitou todos os convites para congressos na Europa com a única finalidade de encontrá-la, já que ela não conseguia o visto do consulado americano.

Num domingo de manhã, John acordou com a casa em silêncio. Fez um café e foi para a janela ver a neve que revoava. O mundo estava branco, na mesma ordem do inverno anterior, e ele com o coração apertado de saudade do Brasil, da mulher que não lhe saía da cabeça, do sol, da bagunça das ruas, do ritmo dos sambistas do Carioca da Gema, na Lapa, e do sexo com a morena, experiência que jamais imaginara viver.

Quando o encontrei dois anos mais tarde num congresso internacional, contou que naquele domingo de inverno, com o café e os olhos na neve, sentiu que era possível viver em outro mundo, muito mais surpreendente e imprevisível do que a rotina morna de seus dias com a esposa. Contou, ainda, que ela havia ficado furiosa com a separação e contratado um dos escritórios de advocacia mais renomados de Los Angeles.

Todos os bens do casal agora eram dela, mas não se importava, estava feliz como nunca na vida, casado com a morena.

Armadilhas cibernéticas

Às vezes me desentendo com a tecnologia que me obriga a conversar com máquinas. Não que eu a renegue ou sinta saudade dos tempos sem internet; longe de mim, pasmo diante da quantidade de informações que posso acessar em meu teclado. Confesso, no entanto, que fico um pouco irritado quando me obrigam a ouvir um menu com dezoito itens, até que me seja concedido o direito de falar com a telefonista depois de dez minutos ouvindo aquela maldita musiquinha. Neurótico da cidade grande, confesso ainda que gostaria de esganar o infeliz que ensinou as meninas dos call centers a substituir presente, passado e futuro pelos famigerados gerúndios verbais.

Em matéria de irritação, entretanto, nada se compara à incapacidade de realizar uma tarefa rotineira pela internet. Existe frustração maior do que dar um Enter e a tela do computador ignorá-lo?

Nos meses de dezembro assisto a um congresso sobre câncer de mama, no Texas. Este ano resolvi aproveitar a oportunidade para passar um fim de semana com minha mulher num país latino-americano que não vem ao caso mencionar, mas, para obter o visto de entrada, havia necessidade de agendar pela internet uma entrevista no consulado.

Coisa mais civilizada, pensei.

Fui ao Google e abri a página do site do consulado. Surgiu uma tela com inúmeras informações gerais. Depois pediram meus dados pessoais, CPF, número do passaporte e a data de expiração deste. Quando dei um clique em cima do ano em que o passaporte expiraria, verifiquei que as datas começavam em 1900. Alguém pretenderia viajar com um passaporte sem validade desde 1905? Rolei os números até chegar em 2011 e cliquei em Registrar. Abriu uma tela em que constavam o usuário e a senha.

Usuário: 431c6091-32d8-4b5b-89a5-abe697f2060c

Password: 2e6713fc-a6b6-4fd8-9f9f-253800954ce4

Idiota! Fiz alguma coisa errada, concluí humildemente, e retornei à página inicial. Preenchi tudo de novo, rolei a data de expiração a partir de 1900 e cliquei em Registrar. Veio outro número de usuário e uma senha diferente da anterior, porém com igual número de algarismos, letras e hifens.

Na tela seguinte, solicitavam que eu confirmasse esses dados. Voltei para copiá-los, mas o cursor não selecionava os dígitos. Só me restou anotá-los num papel e copiá-los na tela que me pedia a confirmação deles, tarefa realizada com o máximo de atenção. O número do usuário entrou, já o da senha era bloqueado quando ainda faltavam cinco dígitos para que eu a completasse. Repeti a operação. Mesmo problema.

Quem sabe não era preciso retirar os hifens, deixar apenas os caracteres? Novo bloqueio.

Fiquei desolado. Fazia tempo que não empacava diante de um mata-burro cibernético como aquele. Liguei para um amigo trinta anos mais jovem: "Copie os números e cole no espaço da tela seguinte", sugeriu ele com desdém: a operação que eu havia tentado diversas vezes.

Inconformado com o tempo perdido, já com vontade de agredir o computador, cliquei freneticamente em cima dos números do usuário e da senha. De repente, não sei por quê, o cursor os selecionou. Copiei, colei no espaço certo, e fui para a tela seguinte.

Pediam uma montanha de dados, que incluíam minha religião, o endereço, telefone e CEP do hotel onde me hospedaria, exigência que me obrigou a acessar o Google para fazer rapidamente uma reserva, mesmo sem saber se conseguiria o visto.

Tudo preenchido, perguntavam se eu desejava adicionar outra pessoa. Anexei os dados de minha mulher e cliquei para enviá-los. Surgiu uma janela pequena: "CPF ya existe". Cliquei OK, voltou para a anterior, cliquei de novo: "CPF ya existe". Beco sem saída.

Como assim? Como já conheciam o CPF de minha mulher, que nunca estivera lá? Verifiquei todas as possibilidades de erros de preenchimento, lamentei minha incompetência senil, o fato de não existirem computadores quando eu era criança e a infelicidade de possuir uma inteligência limítrofe. Com a autoestima assim rebaixada, o próprio corvo da desconfiança ousou bater as asas sobre mim: teria ela visitado o país sem me contar?

Olhei para o relógio: havia perdido duas horas e meia na malfadada operação, uma eternidade para quem ergue as mãos para o céu quando consegue um tempo livre.

Uma sede irresistível de vingança brotou de minhas entranhas. Cancelei a reserva do hotel feita às pressas, desliguei o computador e fui jantar.

Vicissitudes aeroportuárias

Viajar de avião se tornou suplício na vida moderna.

Já foi bem melhor, recordarão os saudosistas do tempo em que as passagens aéreas custavam fortunas. A queda dos preços, o financiamento e a assim chamada globalização levaram o número de voos e de passageiros a aumentar de forma desproporcional à capacidade das instalações necessárias para acolhê-los.

Lotados, os aeroportos foram transformados em campos de concentração da ansiedade humana. Embora a maioria dos voos ainda parta e chegue em horários próximos aos previstos, os cancelamentos e os atrasos agora são tão frequentes que o espírito do viajante vive atormentado pela possibilidade de perder compromissos e de ficar horas à espera em lugares apinhados de gente mal-humorada.

Quando a Rússia ainda era comunista, entrei num empório em Moscou no qual havia uma fila para comprar pão, outra para a carne e outra para os demais gêneros alimentícios. Eram filas enormes; a da carne saía para a rua. Parece que os aeroportos do mundo inteiro adotaram a mesma estratégia: fila para o check-in, para passar pela segurança, para usar o banheiro, para embarcar, e até para comprar por preço exorbitante um sanduíche com gosto de isopor.

A tensão da viagem já se instala na fila do check-in, assim que o primeiro cidadão se põe a berrar com as mocinhas do atendimento. Não se trata de ocorrência eventual, mas obrigatória; não existe a menor possibilidade de obter um cartão de embarque sem ouvir os desaforos em série que os exaltados e os prepotentes costumam despejar sobre elas.

Parece que a compra da passagem aérea confere ao usuário o direito psicanalítico de descontar na funcionária da companhia todas as humilhações que os chefes o obrigaram a engolir, somadas às frustrações profissionais e amorosas acumuladas pela vida inteira. Eu daria tudo para ver um desses arruaceiros de balcão diante de seus superiores hierárquicos.

Na fila da esteira para inspecionar a bagagem de mão a tensão atinge o pico. A tarefa de livrar-se do computador, do celular e de demais objetos metálicos é feita a toque de caixa, como se todos estivessem prestes a perder o avião. Nos países que exigem descalçar os sapatos, os passageiros devem tornar a calçá-los em pé, desequilibrados, em posições bizarras.

E a vergonha quando o alarme eletrônico dispara ao passarmos? Todo mundo olhando com ar de suspeita: seríamos terroristas de Bin Laden ou simples idiotas com moedas nos bolsos?

O tormento maior, no entanto, é o que nos aguarda nas salas de embarque, cheias de pessoas mal-educadas que urram no celular como se o assunto que discutem fosse do interesse de todos.

Quando a duras penas conseguimos uma cadeira para sentar, o alto-falante anuncia que em razão do reposicionamento da aeronave devemos nos dirigir a outro portão, geralmente mais superlotado que rodoviária em véspera de Carnaval.

Os avisos que chegam pelos alto-falantes constituem martírio à parte. Em lugares movimentados como Congonhas ou Brasília eles se repetem sem um minuto de interrupção. Uma sucessão de vozes masculinas e femininas que se esgoelam nos microfones como se não confiassem nos avanços da eletrônica. Nos concursos de admissão, as companhias aéreas descartam os candidatos a emprego com voz de timbre agradável?

Talvez para evitar essa gritaria enlouquecedora, em Manaus decidiram que todos os avisos seriam dados por uma única pessoa. Lá, uma voz de mulher imita propositalmente a de uma locutora que fez carreira no aeroporto do Rio de Janeiro. É mais exasperante ainda: melosa, sensual, em tom de cochicho no ouvido. E, pior, cada aviso é repetido em inglês e espanhol, se é que assim podemos dizer. Uma madrugada, depois de horas na sala de espera ouvindo os avisos ininterruptos de mulher tão insinuante, o músico Paulo Garfunkel confessou ter praticamente se apaixonado por ela.

Luis Fernando Verissimo escreveu uma crônica em que encontrava uma lâmpada mágica. Pediu que sua mala fosse a primeira a chegar na esteira. O gênio achou pouco, ele acrescentou: "Mas em todas as viagens".

Lembro-me sempre desse desejo quando estou espremido, em disputa acirrada por uma nesga de espaço para enxergar se minha mala enfim aparece nas esteiras ridiculamente apertadas dos aeroportos arcaicos que funcionam como porta de entrada para nosso país.

A preguiça humana

Mal desembarquei no aeroporto Santos Dumont, dei de cara com uma jiboia contorcida que avançava em passo de procissão. Era uma fila composta de mulheres com trajes formais e homens de terno escuro, ejetados pelos aviões que aterrissavam nos primeiros horários da manhã.

Usuário contumaz da ponte aérea que liga São Paulo ao Rio de Janeiro, nunca havia me deparado com aquela aglomeração ordeira.

Assim que a jiboia fez a primeira curva, estiquei o pescoço para enxergar a origem do congestionamento. Não pude acreditar: a fila desembocava na escada rolante; ao lado dela, a escada comum, deserta como o Saara.

Imaginei que houvesse alguma razão para a espera; quem sabe a outra escada estivesse obstruída; mas, como não notei nenhum obstáculo, andei na direção dela. Não fosse um rapaz de mochila nas costas à minha frente, eu teria descido sozinho.

Se a fila ainda tivesse por objetivo subir pela escada rolante, o

106

esforço maior e a transpiração, apesar do ar condicionado, talvez justificassem a espera. Os enfileirados, entretanto, em pleno vigor da atividade profissional, recusavam-se a movimentar as pernas mesmo para descer.

Se perguntássemos àquele povo se a vida sedentária faz bem à saúde, todos responderiam que não. Pessoas instruídas estão cansadas de ler a respeito dos benefícios que a atividade física traz para o corpo humano: melhora as condições cardiorrespiratórias e reduz o risco de doenças cardiovasculares, diabetes, hipertensão arterial, câncer, doenças reumáticas, degenerações neurológicas etc.

Por que, então, preferem aguardar pacientemente a descer um lance de degraus às custas das próprias pernas?

Por um motivo simples: o exercício físico vai contra a natureza humana. Que outra explicação existiria para o fato de o sedentarismo ser praticamente universal entre os que conseguem ganhar a vida no conforto das cadeiras?

A preguiça de movimentar o corpo não é privilégio de nossa espécie: nenhum animal adulto gasta energia à toa. No zoológico, você jamais encontrará uma onça dando um pique aeróbico, um gorila levantando peso, uma girafa galopando para melhorar a forma física. A escassez milenar de alimentos levou os animais a adotar a estratégia de reduzir ao mínimo o desperdício energético.

A necessidade de poupar calorias moldou o metabolismo da espécie humana de maneira tal que toda caloria ingerida em excesso será armazenada sob a forma de gordura, defesa instintiva do organismo para enfrentar as agruras do jejum prolongado que porventura venha a ocorrer.

Em virtude dessa limitação biológica, se você é daquelas pessoas que aguardam a visita da disposição para começar a fazer exercícios com regularidade, desista. Ela jamais virá. Disposição para sair da cama todos os dias, calçar o tênis e andar até o suor escorrer pelo rosto, não há mortal que a tenha. Ou você encara a atividade física com disciplina militar ou não vai dar certo. Na base do "quando der eu faço", nunca dará.

Falo por experiência própria. Sou corredor de distâncias longas há muitos anos. Às seis da manhã, chego no parque, abro a porta do carro e saio correndo. Não faço alongamento antes, como deveria, porque, se ficar parado, volto para a cama. Durante todo o percurso do primeiro quilômetro meu cérebro é inundado por um único pensamento: não há o que justifique um homem passar por este suplício.

Daí em diante, as endorfinas liberadas na corrente sanguínea às custas das sucessivas contrações musculares tornam mais suportável o sofrimento. Mas o exercício só fica bom de fato quando termina. Que sensação de paz e tranquilidade. Que prazer traz a certeza de que posso passar o resto do dia sentado, sem o menor sentimento de culpa.

Se perguntasse às pessoas daquela fila no aeroporto por que razão levam vidas tão sedentárias, todas apresentariam justificativas convincentes: excesso de trabalho, obrigações familiares, trânsito, falta de dinheiro, violência urbana. No passado, ao ouvir de meus pacientes esses argumentos, eu me condoía e calava.

Os anos de profissão mudaram minha atitude. Escuto em silêncio as explicações, mas não me comovo com elas. Meu coração fica feito pedra de gelo. No final, quando meu interlocutor pergunta como pode encontrar tempo para a atividade física, respondo: "Isso é problema seu".

A agonia da espera

Pior do que enfrentar a dor é aguardar por ela, diz a sabedoria popular.

As teorias clássicas defendem que o homem se preocuparia menos com os acontecimentos futuros do que com aqueles prestes a ocorrer. Como consequência, teríamos tendência a dar prioridade às experiências agradáveis e a adiar as que trazem sofrimento. Por isso, leríamos antes as boas notícias dos jornais, conferiríamos os valores das ações preferencialmente quando a bolsa está em alta, suportaríamos por mais tempo do que seria razoável relacionamentos amorosos fracassados ou evitaríamos a balança depois das orgias alimentares.

Analisar perdas e ganhos associados à tomada imediata de uma decisão é um problema simples, enfrentado na rotina diária por todos os animais. Porém, quando existe um intervalo de tempo maior entre o desafio apresentado e a solução a ser adotada, a equação se torna bem mais complexa.

Pesquisadores do Departamento de Ciências Comportamentais da Universidade Emory, na Filadélfia, acabam de publicar uma pesquisa conduzida com a finalidade de estudar esse fenômeno: a influência do tempo de espera na tomada de decisões que trazem prazer ou desconforto. Uma versão científica da questão "Melhor ouvir primeiro a boa ou a má notícia?".

Os autores colocaram 32 participantes diante de um aparelho que indicava a voltagem dos choques que lhes seriam aplicados no dorso dos pés e o intervalo de tempo a ser aguardado entre um choque e outro.

Cada um poderia reduzir ou aumentar o tempo de espera do choque, mas a duração total do experimento permanecia constante. Logo, se alguém escolhesse tomar os primeiros choques com intervalos mais curtos, os últimos teriam intervalos mais longos, obrigatoriamente. A cada novo choque eram apresentados pares de voltagem e de tempo de espera: por exemplo, 120% da voltagem aplicada no choque anterior depois de três segundos de espera, ou 60% dela depois de 27 segundos.

Quando as voltagens sugeridas eram as mesmas, 84% dos participantes escolheram receber o choque seguinte o mais depressa possível, mesmo sabendo que nos choques finais do experimento deveriam aguardar mais tempo. Alguns, no entanto, temiam de tal forma o choque, que optaram por tomá-lo numa voltagem até mais alta contanto que o intervalo fosse abreviado.

A decisão de optar por um desenlace imediato ou de adiá-lo depende de como nos sentimos ao aguardar por ele: quando a espera nos traz sensação de prazer, preferimos deixá-lo para mais tarde; caso contrário, nós nos apressamos em desencadeá-lo, ainda que seja preciso pagar um preço mais alto.

De acordo com as reações, os participantes foram divididos em dois grupos: os "moderados" e os "extremos". Os moderados (72% do grupo) eram aqueles que solicitavam a antecipação dos choques com a condição de que a voltagem fosse a prevista; os "extremos" (28% do grupo) optavam por choques mais fortes para reduzir a espera.

Para identificar as áreas cerebrais envolvidas na tensão da espera e na reação ao choque elétrico, os componentes dos dois grupos foram submetidos à ressonância magnética funcional, exame que permite mapear o cérebro à procura dos circuitos de neurônios que entram em atividade ao realizarmos qualquer tarefa ou experimentarmos uma emoção.

A ressonância mostrou que, tanto no instante do choque como nos momentos que o antecedem, entram em atividade os mesmos circuitos de neurônios, integrantes de uma rede de áreas cerebrais conhecida como "matriz da dor". E, mais interessante, que a diferença entre os "moderados" e os "extremos" não estaria numa possível sensibilidade especial aos efeitos do choque, no medo ou na ansiedade, mas na atividade mais intensa dos neurônios nos circuitos da matriz da dor que controlam a atenção devotada à futura experiência dolorosa.

A ativação intensa desses neurônios já na fase antecipatória desperta nos "extremos" níveis exagerados de atenção ao sofrimento que virá, razão pela qual preferem solicitar a antecipação do choque mesmo que ao preço de uma voltagem mais alta. Distraí-los durante essa fase tem o dom de diminuir a agonia da espera, fato consistente com os resultados das experiências de sugestão hipnótica para reduzir a intensidade da dor.

O trabalho dos pesquisadores da Universidade Emory documenta pela primeira vez o substrato neurobiológico responsável pelas diferenças nas atitudes individuais ao lidarmos com lucros e perdas, alegrias e frustrações, prazer e dor.

De terno e gravata ou revólver na mão

Ao contrário do que imaginam os fumantes, cigarros de baixos teores são mais nocivos à saúde.

Na primeira metade do século xx, a indústria do fumo fez o possível e o inimaginável para impedir que a sociedade fosse informada dos malefícios do cigarro. Nos anos 60, depois da publicação da monografia *Fumo e saúde*, na Inglaterra, e do relatório *Luther Thierry, General Surgeon*, nos Estados Unidos, nos quais foram reunidos mais de 30 mil estudos que demonstravam ser o tabagismo a principal causa isolada de mortes e doenças crônicas, a indústria houve por bem lançar o chamado cigarro de baixos teores, também batizado de *light*, *ultralight* ou *low tar*.

O bombardeio publicitário pela tv e pelos demais meios de comunicação sugeria aos incautos que as marcas *light* representariam uma forma segura de fumar: fumos com teores reduzidos de alcatrão e nicotina deveriam fazer menos mal do que aqueles com concentrações mais altas dessas substâncias. Como consequência, seu consumo virou moda; especialmente entre as mulheres, o alvo principal das campanhas para expandir o mercado de dependentes.

Na verdade, tratava-se de uma manobra criminosa: comparado com os fumos mais fortes, o cigarro de baixos teores é um agravo muito mais pernicioso à saúde.

Para conquistar usuários do sexo feminino e facilitar para as crianças a aceitação do sabor aversivo da fumaça, aos cigarros de baixos teores a indústria adiciona compostos naturais e sintéticos com odores e gostos mais agradáveis, como o etilvalerato (maçã), álcool fenílico (rosas), anetol (anis) e muitos outros. Muitos mesmo: são mais de seiscentos — segundo o Food and Drug Administration, dos Estados Unidos —, que vêm somar-se aos 5 mil ou 6 mil normalmente presentes no cigarro. A combustão de vários desses aditivos dá origem a subprodutos hepatotóxicos ou cancerígenos.

A nicotina é uma droga que exerce ação psicoativa ao ligar-se a receptores existentes nos neurônios de diversas áreas cerebrais. Quando esses receptores ficam vazios, o fumante entra em crise de abstinência e acende outro cigarro. Ao dar a primeira tragada, a ansiedade desaparece de imediato, porque a droga vai dos pulmões ao cérebro em apenas seis a dez segundos. Esse mecanismo é tão poderoso que o cérebro não deixa a critério do fumante a inalação da quantidade de nicotina exigida pelos neurônios dependentes: são eles que controlam a duração e a profundidade da tragada. Se a concentração da droga na fumaça é mais baixa, o cérebro ordena uma tragada mais profunda e duradoura.

Quando o fumante aspira com mais força, o ar entra com maior velocidade e queima proporcionalmente mais tabaco do que o papel das laterais, aumentando o conteúdo de nicotina na fumaça e provocando alterações químicas que a tornam mais facilmente absorvível nos alvéolos pulmonares.

Por essas razões, até hoje nenhum estudo demonstrou que

fumantes de cigarros *light* apresentem menos doenças cardiovasculares, respiratórias ou câncer. Pelo contrário, alguns trabalhos mostram incidência mais alta de ataques cardíacos e de doenças respiratórias nesses fumantes.

Faço essas observações, leitor, para comentar um trabalho publicado na revista médica *The Lancet* por três autores canadenses que tiveram acesso aos documentos dos estudos sobre os efeitos do cigarro, conduzidos secretamente pela multinacional British American Tobacco (controladora da Souza Cruz, no Brasil) no período de 1972 a 1994 e agora tornados públicos, depois de longa batalha judicial vencida pelas autoridades americanas.

Os exames para analisar cigarros são regulamentados por uma organização internacional (iso). O teste-padrão é feito por meio de uma máquina de fumar que, uma vez a cada minuto, dá uma tragada de dois segundos de duração, na qual são inalados 35 mililitros de fumaça para análise. Ocorre que os pesquisadores da companhia descobriram que o fumante médio é mais ávido: dá duas tragadas por minuto, nas quais inala 50 a 70 mililitros de cada vez.

Na documentação, os autores canadenses verificaram que a multinacional não estava simplesmente interessada nos hábitos dos fumantes, procurava usar esse conhecimento para desenvolver um cigarro que obedecesse às normas legais de acordo com as análises efetuadas pelas máquinas de fumar enquanto aumentava o conteúdo de nicotina a ser absorvido pelos pulmões dos fumantes. Um documento interno datado de 1983 deixa essa intenção muito clara: "O desafio é reduzir o conteúdo de nicotina determinado pelas medidas das máquinas e ao mesmo tempo aumentar a quantidade realmente absorvida pelo fumante".

Outra diretriz interna propunha: "O ideal é que os cigarros de baixos teores não pareçam diferentes dos normais [...] Eles devem ser capazes de liberar 100% mais nicotina do que o fazem nas máquinas de fumar".

Em 1978, enquanto a publicidade milionária exaltava as virtudes das marcas *light*, um dos médicos contratados pela empresa advertia, em sigilo: "Talvez a variável mais importante para caracterizar o risco à saúde seja a duração do contato com a fumaça inalada. Se assim for, a fumaça inalada profundamente através dos cigarros de baixos teores deve ser mais prejudicial".

Moral da história: de terno e gravata ou revólver na mão, vendedores de drogas são indivíduos dispostos a cometer qualquer crime para ganhar dinheiro.

Beco sem saída

Não costumo escrever sobre política. Adotei essa conduta por reconhecer que há profissionais mais preparados para fazê-lo, e por considerar que médicos envolvidos em educação na área de saúde pública devem ficar distantes das paixões partidárias.

Chegamos, no entanto, a tais níveis de desfaçatez e de imoralidade assumida no trato da administração pública que se torna difícil conter a revolta.

Para os que ganham a vida com o suor do próprio rosto, é muito duro tomar consciência de que parte dos impostos recolhidos quando se compra um quilo de feijão é esbanjada, malversada ou simplesmente desapropriada pela corja de aproveitadores instalada há décadas na cúpula da hierarquia do poder.

Mais chocante ainda é a certeza de que os crimes cometidos por eles e seus asseclas ficarão impunes, por mais graves que sejam. Do brasileiro iletrado ao mais culto, todos temos conhecimento de que o rigor de nossas leis pune apenas os mais fracos. É mais fácil um camelo passar pelo buraco de uma agulha do que um rico ir parar na cadeia, diz o povo, com toda a razão.

Uma noite, na antiga Casa de Detenção de São Paulo, ao fazer a distribuição de um gibi educativo sobre aids, perguntei na porta de um xadrez trancado quantos havia ali. Um rapaz de gorrinho de lã, curvado junto à pequena abertura da porta, respondeu que eram dezessete. Diante de minha surpresa por caberem tantos em espaço tão exíguo, começou a reclamar das condições em que viviam. Às tantas, apontou para o fundo da cela, onde a tv, casualmente ligada no horário político, exibia o discurso de um candidato ao governo do estado: "Olha aí, senhor, dizem que esse homem levou 450 milhões de dólares. Se somar o que todos nós roubamos a vida inteira, os sete mil presos da cadeia, não chega a 10%".

Essa realidade, que privilegia a impostura e perdoa antecipadamente os crimes cometidos pelos que deveriam dar exemplo de patriotismo e de respeito às instituições, serve de pretexto para comportamentos predatórios (se eles se locupletam, por que não eu?), além de gerar descrédito na democracia e, muito mais grave, a impressão distorcida de que todo político é mentiroso e ladrão.

Considerar que a classe inteira é formada por pessoas desonestas tem duas consequências trágicas: votar nos que "roubam mas fazem" e afastar da política cidadãos que poderiam contribuir para o bem-estar da sociedade.

De que adianta documentar os crimes se os criminosos ficarão impunes e voltarão nas próximas eleições ungidos pela soberania do voto popular?

Como renovar a classe política num país onde quase dois terços da população não têm acesso à informação escrita, onde empresários financiam campanhas de indivíduos inescrupulosos comprometidos apenas com os interesses de quem lhes deu dinheiro, e onde as mulheres e os homens de bem se negam a disputar cargos eletivos porque não querem ser confundidos com gente que não presta?

É evidente que os políticos brasileiros não são os únicos responsáveis pelo estado a que as coisas chegaram. Antes de tudo, porque muitos são honestos e bem-intencionados; depois, porque o clientelismo que os cerca é uma praga que nos aflige desde os tempos coloniais. Os que se aproximam deles para pedir empregos públicos, nomeações para cargos estratégicos, favores em negócios com o governo ou para oferecer-lhes suborno por acaso são mais dignos?

Esse é o beco sem saída em que nos encontramos: os partidos aceitam a candidatura de indivíduos desclassificados, os empresários financiam-lhes a campanha (muitas vezes com os assim chamados recursos não declaráveis), o eleitor vota neles porque "não faz diferença, já que todos são ladrões" ou porque podem conceder-lhe alguma vantagem pessoal, a Justiça não consegue sequer afastar do serviço público os que são flagrados com as mãos no cofre, e, para completar a equação, as pessoas de bem querem distância da política.

A esperança está na prática da democracia. Se a Justiça não pune os que se apropriam dos bens públicos, a liberdade de imprensa é a arma que nos resta, a única que ainda os assusta.

Cidade Maravilhosa

O Rio de Janeiro continua um cenário de encantos mil, mas está distante da Cidade Maravilhosa.

Semana passada gravei um programa de TV em locações que me obrigaram a circular entre casarões coloniais e becos do início do século XX ainda preservados na região central. Nos espaços entre eles, a visão das montanhas. O sol não deu um minuto de trégua; parecia um crematório. Gravamos até as sete da noite, sem parar sequer para um lanche.

Eu tinha acordado às cinco da manhã, em São Paulo. Quando entrei no carro que me levaria de volta para o aeroporto, estava alquebrado, com fome, sede e com a sensação pegajosa de que haviam derramado um garrafão de cola em meu corpo.

Na frente do cemitério São João Batista, em Botafogo, o trânsito ficou congestionado. Em contraposição à impaciência do motorista carioca, enfrentei a adversidade com resignação paulistana.

Em dado momento, ouvi um batuque que vinha do fim da rua. Quando nos aproximamos, pude ver que se originava de um botequim abarrotado de mulatos, negros e brancos que pulavam e batiam nos surdos e tamborins com a energia do herói que cumpre a derradeira missão da existência. Mulheres de calça agarrada e ombros de fora cantavam com os braços para cima e requebravam na calçada.

A alegria emanada do bar deu um coice em meu mau humor. Tive ímpeto de descer do carro, pedir uma cerveja, um sanduíche rico em colesterol e chegar perto da folia. A tentação foi tão forte que cheguei a levar a mão à maçaneta da porta, mas fraquejei.

Se arrependimento matasse, este que vos escreve teria ido a óbito dentro do avião, durante as horas de espera até que o aeroporto de Congonhas fechado pelo mau tempo autorizasse a partida.

Que cidade o Rio de Janeiro!

Como pôde chegar ao estado de guerra civil em que vive hoje? É inacreditável como aceitamos que nossa cidade-símbolo fosse empobrecida e humilhada sem esboçarmos nenhuma reação coletiva a não ser aplaudir invasões militares de favelas.

Quando falamos do Brasil no exterior, os estrangeiros dizem: "Oh! Brazil, Pelé, café" e, invariavelmente, "Rio de Janeiro". O Cristo Redentor e o Pão de Açúcar são cartões-postais tão reconhecidos como a Torre Eiffel, o Big Ben, o Coliseu ou as pirâmides do Egito.

Quantos milhões de dólares um país precisaria investir em publicidade para tornar uma de suas praias famosa como Copacabana ou Ipanema?

Não fosse a violência urbana, doença contagiosa, haveria no mundo lugar com mais atrativos? Que fortuna o país amealharia com a invasão dos que sonham em conhecê-la?

Não é possível que nada possa ser feito para retirá-la da situação em que se encontra. É vergonhoso saber que o tráfico arregimenta menores em sistema de trabalho anterior à Lei Áurea, por salários de setecentos reais, sem que sejamos capazes de oferecer-lhes opção mais digna.

Qual a solução?

Não sei. Mas deve haver alguma; ou muitas, desde que exista vontade política. Por exemplo, oferecer incentivos fiscais tão generosos quanto sejam necessários, para que empresas ávidas de mão de obra se interessem em montar unidades nas áreas carentes. Criar programas federais, estaduais e municipais para investir em infraestrutura e treinamento de pessoal. Moralizar a polícia, mas dar atenção especial ao ensino, aos postos de saúde, e, mais que tudo, levar o planejamento familiar aos mais pobres.

Porque, convenhamos, com esse número absurdo de adolescentes dando à luz filhos a quem não terão condições de educar, de onde virão os recursos para tantas escolas, hospitais, moradias e cadeias para os malcomportados?

Tenho consciência, leitor, de que o desabafo acima pode parecer quixotesco, mas não consigo me conformar com o fato de que um país onde o cidadão é obrigado a recolher impostos abusivos como o nosso esteja condenado a ver passivamente sua ex-capital cair nas garras da bandidagem.

Berlim, Hiroshima e outras cidades que os bombardeios transformaram em entulho foram reconstruídas em poucos anos. Hoje é possível andar com segurança em ruas no passado perigosas como as de Nova York ou de Chicago. Por que não surge um programa ou sequer uma ideia decente para reduzir a violência urbana entre nós?

O Rio é nossa cidade mais conhecida. Ela é como a bandeira brasileira, um símbolo ligado à identidade do país. O drama que a aflige não é problema exclusivo dos cariocas, diz respeito a todos nós e exige mobilização nacional.

A condição humana

Existem genes que codificam características exclusivas da espécie humana.

Os chimpanzés e nós descendemos de um mesmo ancestral que viveu até 5 ou 6 milhões de anos atrás. Somos tão próximos, que seríamos considerados seres da mesma espécie caso adotássemos para os primatas os critérios que usamos para classificar os pássaros, por exemplo.

O fato de compartilharmos cerca de 98% dos genes não é de surpreender, dadas a existência do ancestral comum e as semelhanças de aparência física, de constituição bioquímica e até de relacionamento social. O que intriga é como pouco mais de 1% de diferença basta para explicar por que eles dormem em árvores enquanto nós construímos cidades.

Assim que o genoma do chimpanzé foi sequenciado, vários grupos se dedicaram a comparar os 3 bilhões de pares de bases (representadas pelas letras do alfabeto A, G, C e T) contidos no nosso DNA e no deles.

A tarefa tem sido levada adiante por meio de programas de computador que "escaneiam" ambos os genomas à procura dos trechos em que as bases A, G, C e T estejam ordenadas de forma diversa. A conclusão é que as diferenças se acham confinadas em trechos de DNA formados por apenas 15 milhões de bases.

Nesses estudos começam a emergir alguns genes, reunidos numa revisão escrita por Katherine Pollard, da Universidade da Califórnia, na revista *Scientific American*.

O primeiro deles é HAR1, gene ativo em alguns neurônios cerebrais, encontrado em todos os vertebrados. Em galinhas e chimpanzés (espécies que divergiram há 300 milhões de anos), as diferenças existentes em HAR1 são mínimas: cerca de 2%. Já entre nós e os chimpanzés elas ultrapassam 10%.

HAR1 é um gene ativo num tipo de neurônio essencial para o desenvolvimento do córtex cerebral, a camada mais externa do cérebro, cheia de reentrâncias e saliências, nas quais estão entranhadas as atividades cognitivas que nos permitem compor sinfonias ou pintar Monalisas.

Quando HAR1 sofre mutações, podem surgir doenças congênitas eventualmente fatais, como a lisencefalia, enfermidade em que a parte externa do cérebro fica lisa, sem as reentrâncias e saliências características do córtex humano.

Outro gene que apresenta diferenças significativas com o similar em chimpanzés é FOXP2, envolvido numa das mais importantes características humanas: o domínio da linguagem. Quando ocorrem mutações em FOXP2, as crianças perdem a capacidade de executar determinados movimentos faciais necessários para a articulação da palavra.

O que distingue a fala humana das vocalizações empregadas na comunicação entre outros animais, porém, não são simplesmente as características do aparelho fonador, mas também o tamanho do cérebro. Nos últimos 6 milhões de anos o volume de nosso cérebro mais que triplicou.

Um dos genes envolvidos nesse processo é ASPM, que, quando defeituoso, leva à condição congênita conhecida como microcefalia, em que o cérebro chega a ficar reduzido a 70% de seu volume.

Nem todas as características unicamente humanas se acham restritas ao cérebro, no entanto.

A conquista do fogo há 1 milhão de anos e a da agricultura há 10 mil anos criaram oportunidades de acesso farto aos carboidratos. As calorias disponíveis nesses alimentos só puderam ser aproveitadas porque no genoma humano surgiram múltiplas cópias do gene AMY1, responsável pela produção de amilase na saliva, enzima essencial para a digestão dos açúcares.

Outro exemplo é o gene LCT, responsável pela produção da lactase, enzima encarregada da digestão da lactose, o açúcar do leite que os mamíferos digerem bem unicamente na infância. Mutações no genoma humano sucedidas há 9 mil anos produziram versões de LCT que tornaram possível a digestão de leite também na vida adulta, ampliando as chances de sobrevivência em tempos de fome.

Descobrir a estrutura e as funções desses e de outros genes com mutações exclusivas da espécie humana, ocorridas ao acaso e submetidas ao crivo da seleção natural através da competição pela sobrevivência, permitirá conhecer a organização das moléculas que deram origem à condição humana.

Não é mais instigante do que aceitar a ideia de que o homem seria fruto de um sopro divino e que de sua costela teria sido criada a mulher?

Coração e futebol

Emoções fortes abalam corações sensíveis, dizia minha avó. Expressões como "morri de medo" ou "meu coração saltou pela boca" ilustram a relação entre a causa e o efeito.

Todos nós já ouvimos relatos de pessoas que caíram fulminadas ao receber uma notícia trágica. Embora a medicina reconheça que o estresse é uma das causas de infarto do miocárdio, arritmia cardíaca e derrame cerebral, o mecanismo envolvido na gênese de tais processos é mal conhecido.

Faço essa introdução, leitor, para comentar dois trabalhos recém-publicados sobre o tema.

O primeiro foi realizado por cardiologistas americanos, com dezenove pessoas que apresentaram sintomas muito sugestivos de infarto do miocárdio depois de viver experiências traumatizantes ou de receber a notícia da morte inesperada de um ente querido.

O segundo foi conduzido por médicos da Alemanha durante a Copa do Mundo de 2006, para verificar se o número de ataques cardíacos na região de Munique aumentava nos dias de jogos da seleção do país.

No estudo americano, todos os pacientes haviam chegado ao pronto-socorro com dores no peito, falta de ar e alterações circulatórias sugestivas de ataque cardíaco. Ao avaliá-los por meio de imagens, no entanto, os cardiologistas não encontraram sinais de obstrução das coronárias.

Os exames laboratoriais, no entanto, mostraram que os níveis sanguíneos de catecolaminas (mediadores semelhantes à adrenalina, liberados durante o estresse) atingiam valores sete a 34 vezes acima do normal. E, mais importante, eram pelo menos duas a três vezes maiores que os dos pacientes com obstrução das coronárias, que tinham de fato sofrido infarto.

Tratados apenas com medidas de suporte, todos os doentes tiveram recuperação completa, no período de sete a dez dias.

O mecanismo aventado sugere que o estresse mental libere catecolaminas, capazes de provocar contrações dos ramos mais calibrosos das artérias coronárias, mesmo na ausência de placas obstrutivas de colesterol, e produzir espasmos dos ramos mais finos, que prejudicam a oxigenação das células musculares cardíacas.

Agora, voltemos à Copa disputada no período de 9 de junho a 9 de julho de 2006.

Os autores consultaram os serviços de emergência da área de Munique e adjacências para saber quantas pessoas haviam sido atendidas com os seguintes diagnósticos: infarto do miocárdio, angina (dor precordial) de forte intensidade, arritmia ou parada cardíaca.

O número de ocorrências diárias na Copa foi comparado com o das registradas nos mesmos meses de 2003 e de 2005, no mês que antecedeu e também no que sucedeu à realização do torneio (períodos-controle).

Durante a Copa, 4279 pacientes com as queixas acima foram admitidos nos serviços de emergência.

Nos dias em que somente equipes estrangeiras disputaram os jogos, o número de atendimentos dos prontos-socorros foi igual ao dos ocorridos nos períodos-controle.

Já nos oito dias em que o time alemão jogou, as internações por emergências cardiovasculares aumentaram em média 2,66 vezes.

Provavelmente como reflexo da preferência masculina pelo futebol, o aumento entre os homens foi mais elevado: 3,26 vezes, contra 1,82 nas mulheres.

No primeiro jogo, Alemanha × Costa Rica, o número de eventos cardiovasculares duplicou em relação ao dos períodos--controle. Na partida seguinte, contra a Polônia, em que os alemães marcaram o gol da vitória no último minuto de jogo, o efeito foi ainda mais pronunciado: aumento de 2,5 vezes. Na terceira, contra o Equador, com a seleção do país já classificada, o número de atendimentos praticamente retornou ao dos anos anteriores.

Nas demais partidas, em que o perdedor seria sumariamente eliminado, o número de atendimentos nas unidades de emergência cresceu de maneira significativa.

Na quarta de final, contra a Argentina, que terminou com vitória da Alemanha nos pênaltis, os eventos cardiovasculares triplicaram em relação aos dos períodos-controle. Na semifinal, em que a Itália foi a vencedora, idem.

Já na partida contra Portugal, em disputa pelo modesto terceiro lugar, os atendimentos voltaram à normalidade, e assim se mantiveram nos meses que se seguiram.

Se os alemães reagem assim, imagine como será no Brasil?

Por isso, leitor, se você sofre do coração e fica uma pilha de nervos quando as coisas vão mal para o seu time, aceite um conselho: na hora do jogo, vá para o cinema.

A cultura dos chimpanzés

A cultura como privilégio exclusivo da espécie humana tem sido contestada.

Nos últimos anos, é crescente o número de biólogos que admitem a existência de traços culturais bem definidos nos animais geneticamente mais próximos de nós. Para eles, se todas as características macroscópicas e microscópicas dos seres vivos surgiram no melhor estilo darwiniano de competição e seleção natural, como justificar que a cultura tenha origem pontual apenas na espécie humana? Seria ela um dom divino?

Chimpanzés, animais com mais de 98% de identidade genética com o homem, apresentam habilidades e comportamentos específicos das comunidades onde nasceram e foram criados. Por exemplo, os chimpanzés da Floresta Nacional de Tai, na Costa do Marfim, têm o costume de quebrar sementes arremessando contra elas pedras levantadas à altura da cabeça com as duas mãos. Essa habilidade não é encontrada em nenhuma outra comunidade da Costa do Marfim, embora pedras e as mesmas sementes estejam disponíveis em todos os lugares.

Há pelo menos trinta anos ficou demonstrado que a habilidade de usar ferramentas, anteriormente considerada particularidade única de nossa espécie, é comum em diversos primatas não humanos.

A célebre primatologista Jane Goodall observou que os chimpanzés da reserva Gombe, na Tanzânia, introduzem bastões de cerca de sessenta centímetros em formigueiros, e esperam os insetos subirem até a metade do bastão para retirá-los com uma das mãos e levá-los à boca; técnica que lhes permite caçar algumas centenas de formigas a cada vez. Em Tai, o mesmo tipo de caça é feito com bastões de trinta centímetros que o chimpanzé introduz no formigueiro e, após poucos segundos, leva diretamente à boca para retirar os insetos. Esse método permite caçar apenas um quarto das formigas obtidas por minuto com a técnica anterior, mas em duas décadas de observação de campo nenhum pesquisador encontrou animais de Tai caçando no estilo de Gombe ou vice-versa.

Richard Wrangham, da Universidade Harvard, autor de diversos livros sobre primatologia, estudou os sons vocais de chimpanzés (os bichos mais barulhentos da floresta, depois do homem) em cativeiro. Apesar das diferentes origens genéticas dos animais, ele identificou sons característicos em cada colônia estudada que só poderiam ser explicados pelo aprendizado coletivo.

Em trabalho recentemente publicado na revista *Nature*, um grupo de primatologistas analisou os dados obtidos nos sete campos de observação de chimpanzés mais estudados até hoje. Foi possível reunir nos variados grupos 39 comportamentos distintos — do uso de ferramentas a gestos empregados nos relacionamentos sociais — que não poderiam ser explicados por diferenças genéticas, geográficas ou ecológicas. Essa diversidade é tão evidente, que muitas vezes os especialistas conseguem identificar a origem de um chimpanzé baseados somente em seu comportamento social.

Tais achados da primatologia moderna, fortemente apoiada na observação dos animais em seu habitat, ocasionaram o grande debate atual: existiriam culturas distintas entre os chimpanzés? A identificação de traços culturais em outros primatas poderia esclarecer as origens das culturas humanas?

A discussão não é nova; surgiu em 1958, quando Kawamura e Kawai, da Universidade de Kyoto, verificaram que macacos da ilha de Koshima eram capazes de lavar num córrego das proximidades as batatas-doces sujas de areia distribuídas pelos pesquisadores. O comportamento foi por eles definido como "pré--cultural", e passou a constar dos livros de texto como prova da existência de cultura entre os animais.

Na década de 90, no entanto, outros primatologistas questionaram a definição com base no argumento de que essa habilidade levou anos para se disseminar entre os componentes do grupo, sugerindo mais reinvenção individual do que propriamente o aprendizado coletivo característico dos agrupamentos humanos.

As críticas desencadearam discussões teóricas e grande volume de trabalhos científicos recentemente resumidos na revista *Science*.

A existência do processo de aprendizado por imitação, tão crucial para a cultura humana, é controversa nos demais primatas. Embora haja consenso de que ele possa ocorrer nos chimpanzés, parece ser fenômeno raro, o que tornaria difícil admitir a emergência da cultura entre esses animais.

A maioria das pessoas considera cultura uma característica tipicamente humana, que envolve linguagem, expressões artísticas, hábitos do cotidiano e utilização de ferramentas. Alguns biólogos, entretanto, admitem que qualquer comportamento comum a uma população aprendido com um companheiro de grupo pode ser classificado como traço cultural. Nesse caso, os dialetos dos pássaros cantores ou a forma de gritar de um orangotango na floresta seriam considerados expressões culturais.

Os antropólogos costumam ser muito mais exigentes na definição; para eles, o conceito de cultura deve incluir necessariamente a linguagem e sistemas de comportamento complexos, só encontrados na espécie humana.

Chamemos ou não de cultura essas características de comportamento dos primatas, nelas certamente residem as raízes da cultura humana. A explosão de luz num quadro de Van Gogh, a harmonia dos sons numa cantata de Bach e o arranjo das palavras nas *Memórias póstumas de Brás Cubas* não surgiram da noite para o dia; representam as manifestações mais avançadas de uma longa história de evolução.

Desencontros sexuais

Desentendimentos entre mulheres e homens começam no instante em que o espermatozoide penetra o óvulo.

Como o óvulo sempre carrega um cromossomo sexual x, se o espermatozoide trouxer um cromossomo y haverá formação do par xy e nascerá um menino. Se trouxer um cromossomo x, o par xx dará uma menina.

Dos primeiros estágios do embrião à vida adulta, nosso cérebro e os demais tecidos serão bombardeados incessantemente pelos hormônios sexuais condicionados à configuração xx ou xy. Eles decidirão não apenas se teremos testículos ou ovários, pênis ou clitóris, mas as características arquitetônicas dos circuitos de neurônios envolvidos no processamento das emoções e na estrutura básica do pensamento racional.

Nas mulheres, em obediência a uma ordem que parte de uma área cerebral chamada hipotálamo, a hipófise libera o hormônio FSH (hormônio folículo estimulante), que agirá sobre os folículos ovarianos estimulando-os a produzir estrogênios, encarregados de amadurecer um óvulo a cada mês.

FSH e estrogênios dominam os primeiros quinze dias do ciclo menstrual com a finalidade de tornar a mulher fértil, isto é, preparar para a fecundação uma das 350 mil células germinativas com as quais ela nasceu.

Atento ao desenrolar dos acontecimentos, o hipotálamo, ao detectar a ovulação ao redor do décimo quarto dia do ciclo, muda radicalmente de orientação e avisa a hipófise que está na hora de liberar mais LH (hormônio luteinizante) para obrigar o ovário a produzir progesterona, com a função de preparar terreno para a passagem segura do óvulo fecundado pela trompa, sua implantação no útero, com a função de garantir continuidade à gravidez e ao aleitamento.

Se não houver fecundação, o ciclo terá sido fútil: a camada interna do útero (endométrio) desabará, e os vasos que a irrigam sangrarão por alguns dias. Então, o todo-poderoso hipotálamo dará ordem para iniciar o ciclo seguinte.

Estrogênios e progesterona não são os únicos hormônios sexuais capazes de influenciar o comportamento feminino, mas são os mais importantes. Reduzida à essência, a ação dos estrogênios liberados em grande quantidade na primeira metade do ciclo é preparar para o sexo; a da progesterona na segunda metade é assegurar a integridade da gravidez.

Níveis elevados de estrogênios reduzem a fome; exaltam o olfato, o paladar e a disposição; tornam a pele sedosa, brilhante, a vagina lubrificada e aquecida; diminuem a consistência do muco que obstrui o orifício do colo uterino para impedir a entrada de germes; e aumentam a libido. O impacto estrogênico no cérebro desperta ímpetos sedutores, estimula a agressividade, a independência e a capacidade de planejamento, melhora o humor e tem efeito antidepressivo.

A predominância de progesterona nas duas semanas que antecedem a menstruação torna a pele menos brilhante, provoca retenção de líquido, inchaços, turgescência e dor nas mamas, diminuição da lubrificação vaginal e da libido, dificuldade de atingir o orgasmo, aumento do apetite e da temperatura corporal. A mulher fica mais dependente, irritada com as atitudes masculinas, menos criativa, insegura, carente de proteção, mais carinhosa com os filhos e indulgente com os familiares.

Nos homens o panorama hormonal é dominado pela testosterona, responsável pelo aumento das massas óssea e muscular e pelos caracteres sexuais secundários. Sua influência no comportamento pode ser resumida na aquisição de duas características predominantemente masculinas: espírito de competição e agressividade, graças às quais nossos antepassados exerceram poderosa atração sexual sobre suas companheiras, desejosas de garantir a sobrevivência da prole, acima de tudo.

Os níveis sanguíneos de testosterona aumentam rapidamente com a chegada da puberdade, mantêm-se elevados até os 25 ou trinta anos, e entram em declínio muito lento, que se acentua depois dos 65 anos. Descontado o salto da puberdade, não ocorrem variações hormonais imprevisíveis.

Nas mulheres, os ciclos menstruais que se iniciavam aos dezesseis ou dezessete anos no início do século passado, hoje se instalam cada vez mais cedo, sem sabermos exatamente por quê. Não são raras as meninas que têm sua primeira menstruação aos onze anos. A partir de então, eles se repetem mensalmente até a menopausa, lá pelos cinquenta anos, quando a função ovariana entra em falência. Da puberdade à menopausa, a sequência só é interrompida em caso de gravidez e amamentação, fases dominadas pela progesterona, o hormônio da maternidade.

A complexidade hormonal das mulheres, seres cíclicos, é incomparável à nossa. Diante delas somos singelos, para não dizer simplórios: nossas concentrações de testosterona num dia qualquer são praticamente idênticas às do dia anterior e às do mês seguinte. Só com o passar dos anos podemos notar o declínio lento. Em contraposição, nelas a composição e o equilíbrio entre os níveis de estrogênios e progesterona variam não apenas no decorrer da vida em função da maternidade e da menopausa, mas de um dia para outro. Não existem dois dias de um ciclo menstrual em que as concentrações de estrogênios ou de progesterona sejam as mesmas.

Talvez por causa dessas diferenças hormonais as mulheres digam que os homens são todos iguais. Enquanto nós dizemos que mulher não dá para entender.

As estrelas que o deputado viu

Não faz muito tempo, o exame da próstata revoltou um deputado baiano. Em discurso na Assembleia Legislativa, ele se queixou de ter "visto estrelas" e de ter saído do exame com "o olho cheio de vaga-lume". Alegou, ainda, ser "angustiante para um pai de família passar por isso".

"Eu me senti deflorado", confessou. "O pior foi a frieza do médico, que, no fim da consulta, fez entrar outro paciente como se nada tivesse acontecido", acrescentou, indignado.

Como as queixas foram proferidas oficialmente por representante do poder legislativo, uma de nossas sociedades de urologia decidiu processar o deputado, por entender que suas declarações estimulariam preconceitos e desencorajariam os homens de fazer prevenção do câncer de próstata.

Em homens com mais de cinquenta anos, o câncer de próstata é a mais prevalente das neoplasias malignas. É uma neoplasia mais frequente nessa faixa etária do que o câncer de mama nas mulheres. Instala-se numa área microscópica da glândula e progride silenciosamente por períodos que podem chegar a vários anos, oferecendo ampla oportunidade de detecção em fases nas quais a doença ainda é passível de cura definitiva pela cirurgia ou pela radioterapia.

Como a uretra, ao sair da bexiga, atravessa obrigatoriamente o interior da próstata, nos estágios mais avançados do câncer a multiplicação desordenada das células malignas pode dificultar a passagem da urina, provocando aumento do número e diminuição do volume das micções (especialmente no período noturno) e crises de premência para urinar. No entanto, como os mesmos sintomas são encontrados nos casos de simples hiperplasias prostáticas, condições benignas que causam aumento das dimensões da glândula, não podemos confiar na sintomatologia para diferenciar tumores malignos de proliferações benignas.

Diagnosticada quando se encontra restrita a pequenas regiões da próstata, a enfermidade chega a ser curável em mais de 90% dos casos. Já nos estágios em que invade tecidos vizinhos, como as paredes da bexiga, as vesículas seminais e os linfonodos (gânglios) regionais, os índices de cura caem significativamente.

Embora as células malignas possam crescer na maioria dos órgãos, quando se disseminam elas demonstram estranha predileção pelo esqueleto. Para aninhar-se, lançam mão de mecanismos complexos que envolvem a liberação de substâncias a fim de aumentar a porosidade e criar espaços no interior da massa óssea. A estratégia lhes confere a capacidade de formar focos de células prostáticas no interior dos ossos, subvertendo a ordem harmoniosa da natureza.

Nessa fase, caracterizada por sintomas dolorosos, a doença é considerada incurável, apesar de ainda poder ser controlada e tornada assintomática através do bloqueio da produção de testosterona — hormônio essencial à manutenção da viabilidade das células prostáticas —, através da quimioterapia e de aplicações de radioterapia.

Daí a importância dos exames preventivos, que, na verdade, não passam de testes para detecção precoce, uma vez que não dispomos de medicamentos ou estratégias eficazes para impedir a carcinogênese e evitar a instalação do carcinoma prostático. A detecção precoce rotineira envolve a realização de dois exames: dosagem de PSA no sangue e toque retal.

PSA é uma proteína produzida pelas células da próstata, presente na circulação de todos os homens. Quando ocorre transformação maligna, a multiplicação celular descontrolada causa aumento progressivo dessa proteína na concentração sanguínea. Níveis elevados de PSA fazem suspeitar de tumor maligno e, eventualmente, indicar biópsia da próstata.

A dosagem do PSA é simples, mas exige interpretação cuidadosa: os níveis dessa proteína são proporcionais ao tamanho da próstata, podendo elevar-se também em doenças benignas como prostatites ou hiperplasias benignas (falso positivo). Além disso, em alguns casos de câncer de próstata o PSA não aumenta (falso negativo).

Daí a importância do toque prostático: permite avaliar as dimensões e a consistência da glândula, homogeneamente amolecida nos casos benignos, e com tumorações endurecidas nos processos malignos.

Por razões culturais, a necessidade do toque retal dificulta sobremaneira a detecção precoce do câncer de próstata. Na clínica, encontro homens com mais de sessenta anos que nunca se submeteram a ele. Quando insisto na necessidade, argumentam:

— Esse exame não, doutor. Eu não gosto.

— Mas não é para dar prazer — respondo.

As mulheres cumprem a rotina das avaliações ginecológicas e das mamografias, submetem-se a exames vaginais em que se empregam espéculos incômodos, suportam cauterizações de feridas no colo uterino, com paciência e disciplina. Nós chegamos ao ridículo de correr risco de morte por mera afirmação de masculinidade.

O deputado baiano certamente exagerou na descrição de seu "defloramento"; talvez nesse dia Sua Excelência estivesse com a sensibilidade exaltada: de fato, alguns homens reclamam de um pouco de dor, mas jamais ouvi alguém dizer que viu estrelas durante o exame, muito menos vaga-lumes.

Quanto às queixas a respeito da "frieza" do urologista, que fez entrar o paciente seguinte "como se nada tivesse acontecido" com o anterior, francamente, deputado, não fica bem esperar uma despedida calorosa num momento como esse.

Dinheiro marcado

A cocaína deixa marcas por onde passa. Não apenas no organismo dos usuários, em suas famílias, na vida comunitária e na estrutura social corrompida, mas no dinheiro que circula de mão em mão.

Há vinte anos ficou demonstrado que resíduos de cocaína deixam traços persistentes entre as fibras do papel-moeda. Com a introdução simultânea do euro na Comunidade Europeia, pesquisadores alemães iniciaram um estudo para determinar os índices de contaminação das notas circulantes, como tentativa de obter um método mais confiável para avaliar os padrões de consumo em cada país.

A forma atual de estimativa do uso da droga é baseada nas quantidades apreendidas pela polícia, no número de casos de overdose atendidos nos hospitais e nas respostas anônimas a questionários, métodos estatísticos falhos porque sujeitos a inúmeras variáveis.

Na Europa, uma nota de vinte euros tem duração média de

um ano, no decorrer do qual passa pelas mãos de milhares de pessoas de todas as camadas sociais. A cocaína se espalha pelo dinheiro não só por meio do contato direto com as mãos, mas porque é hábito comum entre os usuários inalar o pó através de canudos improvisados com as cédulas, que contaminariam outras ao se misturarem com elas nos bolsos e nas máquinas dos bancos.

Com o emprego de um aparelho muito sensível, o espectrômetro de massas, Fritz Sörgel e Verena Jakob, pesquisadores de Nuremberg, descobriram que a maioria dos euros atualmente em circulação carrega vestígios da droga. Em relato publicado na revista *Science*, os autores dizem que o método de detecção é rápido, sensível, e apresenta uma grande vantagem: em vez de o pesquisador viajar pelos quatro cantos de um país atrás de dados, o dinheiro o faz por conta própria.

Aplicando essa técnica, Paull Brett, da Universidade de Dublin, encontrou na Irlanda uma das maiores taxas de notas com resíduos entre todos os países da Comunidade Europeia. Numa amostra de 120 cédulas, todas continham a droga.

Os resultados obtidos acompanham as estatísticas tradicionais sobre o uso de cocaína nos países europeus. A liderança cabe à Espanha, seguida de perto pela Itália e, mais recentemente, pela Irlanda.

Essa tecnologia, no entanto, não é a única disponível nesse novo ramo da epidemiologia. Depois de inalada, a cocaína passa cerca de uma hora em interação com os mediadores químicos cerebrais; em seguida é decomposta pela ação de enzimas do fígado, retirada da corrente sanguínea pelos rins e excretada na urina.

Como a espectrometria de massas é de fato muito sensível, pode ser aplicada para detectar a presença da droga nas estações de esgoto das cidades. Parece ficção científica, mas não é.

Em Granada, no sul da Espanha, Sörgel e Jakob demonstraram a viabilidade da estratégia de testar uma cidade inteira. Em amostras colhidas em estações de tratamento de esgoto, eles procuraram traços de um composto (benzoilecgonina), subproduto do metabolismo da cocaína excretado na urina, que se decompõe lentamente. Repetindo os testes em intervalos regulares, foi possível definir um padrão de consumo sazonal, com picos no verão e nos fins de semana.

Estudos conduzidos por Roberto Fanelli com as águas do rio Pó, nas imediações de Milão, produziram resultados muito semelhantes. Na cidade suíça de Lugano, centro turístico, amostras colhidas em série revelaram que segunda-feira era o dia de consumo mais baixo e que nos fins de semana havia aumento de 30% a 40% em relação à média diária.

Os resultados obtidos em Londres permitiram calcular índices de consumo da ordem de um quilo de cocaína para cada 1 milhão de habitantes. Esse número sugere que 4% dos jovens de quinze a trinta anos sejam usuários, em lugar dos 2% citados nas estatísticas oficiais.

Na Alemanha, onde a polícia consegue apreender uma tonelada por ano, amostras colhidas em rios e estações de esgoto de 29 regiões tornam possível concluir que os habitantes desse país consomem anualmente cerca de vinte toneladas.

Apesar de ainda existirem algumas dificuldades de padronização dos testes, os dados colhidos nesses estudos epidemiológicos permitem identificar áreas e comunidades em que o uso é mais prevalente. Além disso, eles podem servir de base para entendermos melhor como a cocaína se dissemina pela população e, assim, planejarmos estratégias educativas de prevenção ao uso.

Podem servir também para deixar ainda mais claro que não há esperança de acabar com o uso de drogas ilícitas através de repressão policial.

Éramos todos negros

Até ontem éramos todos negros. Você dirá: se gorilas e chimpanzés, nossos parentes mais chegados, também o são, e se os primeiros hominídeos nasceram justamente na África negra há 5 ou 6 milhões de anos, qual a novidade? A novidade é que não me refiro a antepassados remotos, do tempo das cavernas, quando medíamos um metro de altura, mas a populações europeias e asiáticas com aparência física indistinguível da atual.

Trinta anos atrás, época em que as técnicas de manipulação do DNA ainda não estavam disponíveis, Luca Cavalli-Sforza, um dos grandes geneticistas do século XX, conduziu um estudo clássico com centenas de grupos étnicos espalhados pelo mundo.

Com base nas evidências genéticas encontradas e nos arquivos paleontológicos, Cavalli-Sforza concluiu que nossos avós decidiram emigrar da África para a Europa há meros 100 mil anos. Como os deslocamentos eram feitos com enorme sacrifício, eles só conseguiram atingir as terras geladas do Norte europeu cerca de 40 mil anos atrás.

A adaptação a um continente com invernos rigorosos teve seu preço. Como o faz desde os primórdios da vida na Terra sempre que as condições ambientais mudam, a foice impiedosa da seleção natural ceifou os mais frágeis. Quem eram eles?

Filhos e netos de negros africanos, nômades, caçadores, pescadores e pastores que se alimentavam predominantemente de carne animal. Dessa fonte natural absorviam a vitamina D, essencial para construir ossos fortes, sistema imunológico robusto, e prevenir enfermidades que vão do raquitismo à osteoporose; do câncer às infecções, ao diabetes e às complicações cardiovasculares.

Há 6 mil anos, quando a agricultura se disseminou pela Europa e fixou as famílias à terra, a dieta se tornou sobretudo vegetariana. De um lado, a mudança radical tornou-as menos dependentes da imprevisibilidade da caça e da pesca; de outro, tornou mais problemático o acesso às fontes de vitamina D.

Para suprir as necessidades de cálcio do esqueleto e garantir a integridade das demais funções da vitamina D, a seleção natural conferiu vantagem evolutiva aos que desenvolveram um mecanismo alternativo para obter esse micronutriente: a síntese na pele mediada pela absorção das radiações ultravioleta da luz solar.

A dificuldade da pele negra para absorver raios ultravioleta e a necessidade de cobrir o corpo para enfrentar o frio deram origem às forças seletivas que privilegiaram a sobrevivência das crianças com menor concentração de melanina na pele.

As previsões do genial Cavalli-Sforza foram confirmadas por estudos recentes.

Na Universidade Stanford, Noah Rosemberg e Jonathan Pritchard realizaram exames de DNA em 52 grupos de habitantes da Ásia, África, Europa e das Américas. Conseguiram dividi--los em cinco grupos étnicos cujos ancestrais estiveram isolados por desertos extensos, oceanos ou montanhas intransponíveis: os africanos da região abaixo do Saara, os asiáticos do Leste, os europeus e asiáticos que vivem a oeste dos Himalaias, os habitantes da Nova Guiné e Melanésia, e os indígenas das Américas.

Ao tentar atribuir identidade genética aos habitantes do sul da Índia, entretanto, os autores verificaram que suas características eram comuns a europeus e a asiáticos, achado compatível com a influência desses povos na região. Concluíram, assim, que só é possível identificar indivíduos com grandes semelhanças genéticas quando descendem de populações separadas por barreiras geográficas que impediram a miscigenação.

No ano passado foi identificado um gene, SLC24A5, provavelmente responsável pelo aparecimento da pele branca europeia.

Num estudo publicado na revista *Science*, o grupo de Keith Cheng sequenciou esse gene em europeus, asiáticos, africanos e indígenas americanos. Pelo número e pela periodicidade das mutações ocorridas, os cálculos iniciais sugeriram que as variantes responsáveis pelo clareamento da pele se estabeleceram nas populações europeias há apenas 18 mil anos.

No entanto, como as margens de erro nessas estimativas são apreciáveis, os pesquisadores tomaram a iniciativa de sequenciar outros genes localizados em áreas vizinhas do genoma. Tal refinamento técnico permitiu concluir que a pele branca surgiu na Europa num período que vai de 6 mil a 12 mil anos atrás.

A você, leitor, que se orgulha da cor da própria pele (seja ela qual for), tenho um conselho: não seja ridículo.

A força do pensamento

Em quarenta anos, nunca vi alguém se curar com a força do pensamento. Cometi a asneira de pronunciar essa frase numa entrevista, e enfrentei a ira dos que pensam de maneira oposta.

A palavra *ira*, neste contexto, deve ser levada ao pé da letra. Entre os revoltados, houve quem me chamasse de organicista, incrédulo, prepotente, defensor de interesses corporativistas, e até de imbecil.

Dada a riqueza dos adjetivos a mim dedicados, vou explicar o que penso a respeito desse tema.

Antes de ser mal interpretado, explico que não estou em desacordo com a metáfora bíblica de que a fé remove montanhas. Não faltam exemplos de pessoas em situações adversas que por meio da força de vontade e do empenho em busca de um ideal realizaram proezas inimagináveis.

Concordo, também, que a vontade de viver tem importância decisiva na luta pela sobrevivência. Sem ela, nem sequer levantamos da cama pela manhã.

Nos anos 70, tive um paciente recém-casado, portador de câncer de testículo disseminado nos pulmões. Haviam acabado de lançar a cisplatina, nos Estados Unidos, quimioterápico que revolucionaria o tratamento desse tipo de tumor. Com dificuldade extrema, o rapaz conseguiu dinheiro para a passagem, e bateu na porta do Memorial Hospital de Nova York, sozinho, sem falar inglês, com duzentos dólares no bolso para custear estadia e um tratamento que não sairia por menos de 20 mil.

Voltou para o Brasil três meses mais tarde, curado. Poderíamos dizer que outro em seu lugar, sem a mesma determinação, estaria vivo até hoje?

Lógico que não.

Mas aqui se insere a questão do tal pensamento positivo. Os que se revoltaram por ocasião da entrevista tomam como base exemplos como esse para defender a teoria de que eflúvios cerebrais benfazejos têm o dom de curar enfermidades.

E é nesse ponto que nossas convicções se tornam inconciliáveis. Para mim, se Maomé não foi à montanha, a montanha ter ido a Maomé é tão improvável quanto o Everest aparecer na janela da minha casa.

Insisti com o rapaz para se tratar em Nova York porque não havia nem há na literatura a descrição de um único caso sequer de desaparecimento espontâneo de metástases pulmonares de câncer de testículo. Todos os que morreram da doença antes do advento da quimioterapia seriam homens pusilânimes, desprovidos do desejo de viver demonstrado por meu paciente, portanto ineptos para subjugar suas metástases às custas da positividade do pensamento?

A fé nas propriedades curativas da assim chamada energia mental tem raízes seculares. Quantos católicos foram canonizados porque lhes foi atribuído o poder espiritual de curar cegueiras, paraplegias, hanseníase e até esterilidade feminina? Quantos pastores evangélicos convencem milhões de fiéis a pagar-lhes os dízimos sagrados ao realizar façanhas semelhantes diante das câmeras de tv?

Por que a energia emanada do pensamento positivo serve apenas para curar doenças, jamais para fazer um carro andar dez metros ou um avião levantar voo sem combustível?

Esse tipo de crendice não me incomodaria se não tivesse um lado perverso: o de atribuir ao doente a culpa duplicada por haver contraído uma doença incurável e por ser incapaz de curá-la depois de tê-la adquirido.

Responsabilizar enfermos pelos males que os afligem vai muito além de fazê-lo nos casos de câncer de pulmão em fumantes ou de infartos do miocárdio em obesos sedentários.

No passado, a hanseníase foi considerada apanágio dos ímpios, a tuberculose, consequência da vida desregrada, a aids, maldição divina para castigar os promíscuos. Coube à ciência demonstrar que duas bactérias e um vírus indiferentes às virtudes dos hospedeiros eram os agentes etiológicos dessas enfermidades.

A crença na cura pela mente e a ignorância sobre as causas de patologias complexas como o câncer, por exemplo, são fontes inesgotáveis de preconceitos contra os que sofrem delas. Cansei de ver mulheres com câncer de mama mortificadas por acreditar que o nódulo maligno surgiu porque lidaram mal com seus problemas emocionais. E de ouvir familiares recriminar a falta de coragem para reagir em casos de pacientes enfraquecidos a ponto de não parar em pé.

Acreditar na força milagrosa do pensamento pode servir ao sonho humano de dominar a morte. Mas atribuir a ela tal poder é um desrespeito aos doentes graves e à memória dos que já se foram.

O flamboyant da Doutor Arnaldo

Os flamboyants florescem quando o verão se aproxima. Em meio à folhagem rendilhada, exibem mil flores em forma de chamas acesas voltadas para o alto. São alaranjadas, vermelhas e às vezes amarelas, e se espalham pela copa inteira, antes de despencar dos galhos para enfeitar o chão ao redor do tronco.

Na avenida Doutor Arnaldo, junto à rua Cardeal Arcoverde, no bairro de Pinheiros, pode ser visto um dos flamboyants mais floridos de São Paulo. O mais generoso dos galhos da árvore, plantada no jardim da Faculdade de Saúde Pública, se curva e cobre de sombra e esplendor metade da avenida. Bem embaixo dele, todos os dias, milhares de automóveis e os ônibus de um dos corredores mais movimentados da cidade despejam fuligem e gases tóxicos. Impávido, assim que chega novembro, ele revida ao ataque químico com flores encantadoras.

As árvores que teimam em florescer no meio da poluição são exemplos de um fenômeno batizado de hormese em 1943.

Recentemente ressuscitada por uma série de publicações

científicas, hormese na verdade é um conceito que foi descrito em 1888 pelo farmacologista alemão Hugo Schulz ao observar que doses baixas de substâncias tóxicas estimulavam o crescimento de certos fungos.

Depois de analisar experimentos semelhantes realizados em animais pelo também alemão Rudolph Arndt, o farmacologista enunciou juntamente com o médico a lei de Schulz-Arndt: pequenas doses do que faz mal podem eventualmente fazer bem ao organismo.

Essas ideias caíram em descrédito nas décadas de 20 e 30 porque Arndt era adepto da homeopatia, que defende a noção segundo a qual soluções extremamente diluídas contendo algumas poucas moléculas da substância ativa, ou mesmo não contendo nenhuma molécula dessa substância, são dotadas de efeito terapêutico.

O mal-entendido não tinha a menor razão para surgir: a hormese envolve concentrações no mínimo 10 mil a 100 mil vezes maiores do que as homeopáticas. O fenômeno provavelmente representa uma resposta adaptativa ao estresse: na presença deste, o organismo ativaria seus mecanismos de reparação dos tecidos e manutenção da integridade funcional, numa espécie de compensação que o tornaria mais apto a enfrentar a seleção natural.

Os exemplos são inúmeros. Doses pequenas de álcool reduzem significativamente o risco de ataques cardíacos, enquanto quantidades mais elevadas estão associadas à hipertensão, à cirrose hepática e a outras doenças graves.

O exercício físico moderado priva de oxigênio e glicose uma parte das células, aumenta a concentração nefasta de oxidantes em outras e debilita a imunidade. No entanto, melhora as condições gerais de saúde, porque essas agressões às células estimulam o aparelho cardiorrespiratório e os sistemas de defesa a funcionar com mais eficiência.

Restrição calórica na dieta retarda o envelhecimento e aumenta a longevidade em todos os animais já estudados. O número baixo de calorias ingeridas mantém o organismo sob estresse, ativando enzimas responsáveis pela reparação do DNA e acelerando a morte de células potencialmente malignas (apoptose).

A dioxina — usada como desfolhante na Guerra do Vietnã — é produto de alta toxicidade: o equivalente a sete colheres de chá numa piscina olímpica basta para causar câncer de fígado em 50% dos ratos estudados. Doses mínimas de dioxina, ao contrário, protegem ratos contra o aparecimento de tumores hepáticos.

Os riscos das radiações costumam ser avaliados com base no surgimento de tumores malignos entre os 86600 sobreviventes das explosões atômicas de Hiroshima e Nagasaki. Nesse grupo, a incidência de câncer cresce à medida que aumentam as doses de radiação às quais foram expostos seus componentes. Estudos recentes, entretanto, sugerem que, entre eles, os menos atingidos pelas radiações apresentam maior longevidade do que o grupo-controle, não exposto à bomba.

Pesquisas conduzidas em populações que vivem no oeste da China e no estado americano do Colorado, onde os níveis de radiação natural são três a quatro vezes maiores do que no resto do mundo, demonstraram incidência discretamente diminuída de casos de câncer.

Alguns cientistas acreditam existirem evidências suficientes para assumirmos que radiações abaixo de certo limiar são inofensivas, contrariando o paradigma atual, que considera prejudicial à saúde da espécie humana qualquer dose de radiação.

Edward Calabrese e Linda Baldwin, da Universidade de Massachusetts, fizeram uma revisão de milhares de trabalhos publicados sobre o tema. Foram encontrados exemplos de hormese em plantas que crescem mais rápido na presença de herbicidas, bactérias que se multiplicam mais depressa em meio que contém antibióticos, células imunológicas que proliferam na presença de arsênico, insetos que vivem mais e produzem mais ovos na presença de pesticidas, e muitos outros. No final, Calabrese diz: "O fenômeno é encontrado em todas as espécies estudadas no reino animal e no reino vegetal".

Embora ainda haja pontos de vista discordantes e dificuldade na elucidação dos mecanismos moleculares desses fenômenos, o interesse por essa área é crescente. A hormese pode alterar substancialmente as regras atuais para definir quantidades mínimas aceitáveis de substâncias tóxicas nos alimentos, na água potável, em produtos industriais, e pode interferir nas técnicas de limpeza do lixo atômico.

Para nós, habituados aos alimentos com conservantes, às bebidas industrializadas, às frutas e legumes borrifados com pesticidas e acostumados a viver na poluição, é consolador confiar na hormese.

Estratégias sexuais

A seleção natural prestigia a capacidade reprodutiva dos competidores, não a de sobrevivência. Como previu Charles Darwin, que vantagem genética leva um organismo com características que lhe asseguram boa saúde e longevidade, se for infértil? Salvo poucas exceções, a energia investida pelas fêmeas para gerar e cuidar da prole é o fator limitante do crescimento populacional. O filho que consegue sobreviver até atingir a maturidade sexual é que garante a permanência dos genes maternos nas gerações futuras, o número de parceiros sexuais que a mãe teve não vem ao caso.

Já nos machos o sucesso reprodutivo depende diretamente da capacidade de fertilizar óvulos. Desde que a vida sexuada surgiu na Terra há pelo menos 1 bilhão de anos, foram consagradas duas estratégias masculinas: poligamia e monogamia. As duas têm riscos e benefícios que precisam ser avaliados com o máximo cuidado pelo macho, sob pena de seus genes desaparecerem do mapa.

A poligamia é extremamente popular na escala animal, porque confere as vantagens de explorar simultaneamente a capacidade reprodutiva de várias fêmeas e de dar origem a descendentes com maior diversidade genética. Em contrapartida, expõe aos perigos de enfrentar competidores ciumentos, de adquirir doenças causadoras de esterilidade, à incerteza de encontrar parceiras no período fértil e à menor probabilidade de sobrevivência da prole criada sem o pai por perto.

Apesar de impor limites rígidos ao número de filhos que um macho poderá gerar, a monogamia tem a vantagem de facilitar acesso à ovulação, estabelecer barreiras à infidelidade feminina e proporcionar cuidados paternos.

Estudos recentes abalaram o paradigma tradicional de que o macho, por ser fisicamente mais forte na maioria das espécies, impõe seus genes à descendência das fêmeas. Pesquisas genéticas em insetos, tartarugas, aves e em quase todos os mamíferos demonstram que a infidelidade feminina é arma decisiva no processo de seleção natural.

Nos pássaros, por exemplo, a necessidade de construir ninhos, protegê-los e alimentar os filhotes, considerada justificativa para o comportamento monogâmico de várias espécies porque os machos só investiriam tanta energia quando seguros da paternidade, as pesquisas têm revelado que a poligamia é muito mais frequente do que se imaginava. Patrícia Gowaty, da Universidade da Geórgia, ao testar DNA em 180 espécies de pássaros cantores acasalados em liberdade segundo padrões aparentemente monogâmicos, verificou que apenas cerca de 10% dos filhotes carregavam os genes do pai social.

Para entender essa discordância entre monogamia social e monogamia sexual, não se pode invocar a justificativa clássica da violência masculina, porque nas espécies estudadas não só a fecundação exige participação ativa da fêmea, como esta consegue eliminar o esperma ejaculado se assim o desejar.

Da mesma forma que em outros vertebrados, por mecanismos mal conhecidos as fêmeas dos pássaros cantores parecem concordar umas com as outras no reconhecimento de qual dos machos é o detentor dos genes mais cobiçados. Para tanto, orientam-se a partir do repertório de canções executadas, na riqueza da plumagem e em detalhes do comportamento. Essas características nem sempre são encontradas no parceiro social escolhido com base no território que ele é capaz de defender e na habilidade em construir ninhos e alimentar filhotes.

No final dos anos 90, pesquisadores da Universidade da Califórnia realizaram exames de DNA nos pais e nos filhos de uma espécie de roedores da Califórnia considerados modelo de monogamia. De fato, depois de acompanhar 28 famílias desses ratos durante dois anos, não se identificou um único filhote concebido por outro pai que não fosse o social. A explicação encontrada para tal nível de lealdade afetiva é que esses animais vivem no topo de montanhas geladas e seus filhotes nascem no período mais frio do ano: para sobreviver, precisam ser aquecidos permanentemente pelos pais, cujos corpos se revezam sobre os deles. Se o pai vai embora ou é retirado do local, a mãe mata ou abandona os filhotes à própria sorte.

As forças evolutivas representadas pelos hormônios envolvidos na definição da estratégia sexual começam a ser entendidas. Trabalhos experimentais demonstram que a repetição das relações sexuais entre um casal provoca liberação de ocitocina na circulação feminina, hormônio associado ao comportamento maternal e à lactação. No macho, a repetição estimula a produção de vasopressina, relacionada com a agressividade e o comportamento paterno. Quando a produção desses hormônios durante o acasalamento é bloqueada experimentalmente, não ocorre ligação estável entre os parceiros.

Ocitocina e vasopressina são hormônios encontrados em todos os mamíferos. Fisiologicamente, o que varia de uma espécie para outra é a região do cérebro em que eles exercem sua ação.

Em matéria de sexo, a situação do *Homo sapiens* está mais para a vivida pelos passarinhos que cantam e as fêmeas que os traem do que para a dos ratos de montanhas geladas; comportamento partilhado pela quase totalidade dos demais mamíferos, seres naturalmente infiéis, dos quais apenas 3% a 10% adotam a monogamia social como estratégia de convivência reprodutiva.

A teoria das janelas quebradas

A deterioração da paisagem urbana é percebida pela população como ausência dos poderes públicos, portanto enfraquece os controles impostos pela comunidade, aumenta a insegurança coletiva e convida à prática de crimes.

Essa tese, defendida pela primeira vez em 1982 pelos americanos James Wilson e George Kelling, recebeu o nome de "teoria das janelas quebradas".

Segundo ela, a presença de lixo nas ruas e de pichação nas paredes provoca mais desordem, induz ao vandalismo e aos pequenos crimes. Com base nessas ideias, a cidade de Nova York iniciou nos anos 90 uma campanha para remover a pichação das paredes do metrô, a qual resultou numa diminuição dos crimes cometidos em suas dependências.

O sucesso da iniciativa serviu de fundamento para a política de "tolerância zero" posta em prática a seguir.

Medidas semelhantes foram adotadas em diversas cidades dos Estados Unidos, da Inglaterra, Holanda, Indonésia e África do Sul. Mas, apesar da popularidade, a teoria das janelas quebradas gerou controvérsias nos meios acadêmicos, por falta de dados empíricos capazes de comprová-la.

Um grupo de holandeses da Universidade de Groningen publicou na revista *Science* um estudo que esclarece alguns pontos obscuros da teoria.

O primeiro experimento foi conduzido num estacionamento para bicicletas, numa área de compras da cidade de Groningen. Para simular ordem, os pesquisadores limparam a área e puseram o aviso bem visível de que era proibido pichar. Para a desordem, picharam as paredes do mesmo espaço, apesar do aviso para não fazê-lo.

Nas duas situações, penduraram um panfleto inútil nos guidões das bicicletas, de modo que precisasse ser retirado pelo ciclista antes de partir. Não havia lixeiras no local.

Na situação ordeira, 77% dos ciclistas levaram o panfleto consigo. Na presença de pichação, apenas 31% o fizeram, os demais jogaram o panfleto no chão.

Uma segunda experiência foi realizada no estacionamento de um supermercado. No portão pelo qual as pessoas normalmente entravam para ir buscar o carro, colocou-se uma cerca com uma abertura de cinquenta centímetros. Nela, foram afixados um aviso para que os usuários andassem duzentos metros a fim de alcançar um portão alternativo e outro que proibia amarrar bicicletas na cerca.

Na condição de ordem quatro bicicletas foram estacionadas a um metro da cerca; na de desordem, as quatro foram acorrentadas a ela. Na ordem, 27% das pessoas entraram pelo portão proibido; na desordem, 82%.

No terceiro estudo, também conduzido no estacionamento de um supermercado, foi afixado um aviso para que as pessoas devolvessem o carrinho de compras num determinado lugar, depois de descarregá-lo no porta-malas. Ao mesmo tempo, foram pendurados panfletos inúteis na parte externa do para-brisa. Para simular ordem, nenhum carrinho foi deixado à vista; na situação de desordem, quatro deles ficaram expostos. Quando havia ordem, 30% dos motoristas atiraram o panfleto no chão, atitude tomada por 58% dos que encontraram os carrinhos abandonados.

O quarto estudo se baseou numa lei holandesa que proíbe fogos de artifício nas semanas que antecedem o Ano-Novo, contravenção punida com multa de sessenta euros. O cenário era um abrigo de bicicletas junto a uma estação de trens. O mesmo panfleto dos experimentos anteriores foi pendurado nos guidões. A situação de desordem foi representada pelo espoucar dos fogos no momento em que o ciclista chegava para retirar a bicicleta; a de ordem, pelo silêncio.

No silêncio, 52% jogaram os panfletos na rua; ao ouvir os fogos proibidos, o número aumentou para 80%.

No quinto e no sexto estudo, foi testada a tentação para roubar. Numa caixa de correio da rua colocou-se um envelope parcialmente preso à boca da caixa (como se tivesse deixado de cair dentro dela), com uma nota de cinco euros em seu interior, bem visível para os transeuntes.

Na situação ordeira, a caixa não estava pichada nem havia lixo ao seu redor. Numa das condições de desordem, ela estava pichada; na outra, não estava, mas havia lixo ao redor.

Dos transeuntes que passaram diante da caixa sem pichação nem lixo, 13% roubaram o envelope. Esse número aumentou para 27% quando ela estava pichada e para 25% quando havia lixo ao seu redor.

A mensagem é clara: a presença de pichação e lixo nas ruas mais que duplica o número de pessoas que joga fora mais lixo e rouba.

Lei seca no trânsito

Gosto de beber, e confesso sem o menor sentimento de culpa. Álcool de vez em quando, em quantidade pequena, dá prazer sem fazer mal à maioria das pessoas.

Aos sábados e domingos, quando estou de folga, tomo uma cachaça antes do almoço, hábito adquirido com os carcereiros da antiga Casa de Detenção. Difícil é escolher a marca, o Brasil produz uma variedade incrível.

Tomo uma, ocasionalmente duas, jamais a terceira. Essa é a vantagem sobre as bebidas adocicadas que você bebe feito refresco sem se dar conta das consequências. Cachaça impõe respeito, o usuário sabe com quem está lidando: exagerou, é vexame na certa.

Cerveja, tomo de vez em quando. O primeiro gole é um bálsamo para o espírito; no calor, depois de um dia de trabalho e horas no trânsito, transporta o cidadão do inferno para o paraíso. O gole seguinte já não é igual, infelizmente. A segunda latinha decepciona, deixa até um resíduo amargo; a terceira encharca.

Uísque e vodca, só tenho em casa para oferecer às visitas. De vinho eu gosto, mas tomo pouco porque pesa no estômago. Além disso, meu paladar primitivo não permite reconhecer notas de baunilha ou sabores trufados; não tenho ideia do que seja uma trava sutil de tanino nem o aroma de cassis pisado nem o frescor de framboesas do campo. Em meu embotamento olfato-gustativo, faço coro com os que admitem apenas três comentários diante de um copo de vinho: é bom, é ruim, e bebe e não enche o saco.

Feita essa premissa, quero deixar claro ser a favor da chamada "lei seca no trânsito".

Sejamos sensatos, leitor, tem cabimento ingerir uma droga que comprovadamente altera os reflexos motores, o equilíbrio e a percepção espacial de objetos em movimento, e sair por aí pilotando uma máquina, atividade em que uma pequena desatenção pode trazer consequências fúnebres?

Ainda que você não seja ridículo a ponto de afirmar que dirige melhor quando bebe, talvez possa dizer que meia garrafa de vinho, três chopes ou três uísques não interferem em sua habilidade ao volante.

Tudo bem: vamos admitir que em seu caso seja verdade, que você tenha maior resistência aos efeitos neurológicos e comportamentais do álcool e que seria aprovado em qualquer teste de resposta motora.

Imagino, entretanto, que você tenha noção da diversidade existente entre os seres humanos. Quantas mulheres e homens cada um de nós conhece que ficam transtornados com apenas uma dose? Quantos, depois de duas cervejas, choram, abraçam os companheiros de mesa e fazem declarações de amizade inquebrantável? Está certo permitir que estes, fisiologicamente mais sensíveis à ação do álcool, saiam por aí pondo em perigo a vida alheia?

Como seria a lei, então? Deveria avaliar as aptidões metabólicas e os reflexos de cada um para selecionar quem estaria apto a dirigir alcoolizado? O Detran colocaria um adesivo em cada carro estabelecendo os limites de consumo de álcool para aquele motorista? Ou esses limites viriam carimbados na carteira de habilitação?

Talvez você esteja de acordo com a argumentação dos advogados que defendem os interesses dos proprietários de bares e casas noturnas: "A nova lei atenta contra a liberdade individual".

Aí, começo a desconfiar de sua perspicácia. Restrições à liberdade de beber num país que vende a dose de pinga a cinquenta centavos? Há escassez de botequins nas cidades brasileiras, por acaso? Existe sociedade mais complacente com o abuso de álcool do que a nossa?

Mas pode ser que você tenha preocupações sociais com a queda de movimento nos bares e com o desemprego no setor.

A julgar por essa lógica, vou mais longe. Como as estatísticas dos hospitais públicos têm demonstrado, poderá haver desemprego também entre motoristas de ambulâncias, médicos, enfermeiros, fisioterapeutas, agentes funerários, e operários que fabricam cadeiras de rodas, sondas urinárias e outros dispositivos para deficientes físicos.

Ano passado, em nosso país, perderam a vida em acidentes de trânsito 17 mil pessoas. Ainda que apenas uma dessas mortes fosse evitada pela proibição de dirigir depois de beber, haveria justificativa plena para a criação da lei agora posta em prática.

Não é função do Estado proteger o cidadão contra o mal que ele faz a si mesmo. Quer beber até cair na sarjeta? Pode. Quer se jogar pela janela? Quem vai impedir?

Mas é dever inalienável do Estado proteger o cidadão contra o mal que terceiros possam causar a ele.

Macacos intelectuais

A inteligência do cachorro encanta os que com ele convivem; a dos macacos, então, nem se fala. Babuínos estabelecem hierarquias de comando e organizam estruturas sociais bastante complexas. Chimpanzés, gorilas e orangotangos vivem em comunidades com traços culturais tão singulares, que os primatologistas identificam a origem geográfica de determinado indivíduo com base no uso de ferramentas para quebrar cascas de frutos ou na preparação de gravetos para caçar cupins nos ocos das árvores.

Tomando-se como princípio os estudos com primatas não humanos publicados nos anos 60, a defesa dogmática de que a inteligência seria dom exclusivo do *Homo sapiens* se tornou insustentável.

Entender a inteligência, de que tanto nos orgulhamos, como resultado de milhões de anos de seleção natural obedece à lógica evolutiva, visto que a evolução não cria características especiais para favorecer ou prejudicar nenhuma espécie. Como atestam os dinossauros, a natureza é madrasta inflexível.

De onde emergiu a consciência humana?

"A resposta é bem simples: da consciência dos animais. Não há justificativa para considerá-la propriedade exclusiva da espécie humana", afirmou Ernst Mayr, o biólogo mais influente do século passado.

Aceita essa premissa, na última década o foco da primatologia se deslocou para o estudo das características únicas dos seres humanos. Afinal, não se tem notícia de outros animais que componham poemas ou resolvam equações do segundo grau.

Uma conferência realizada anos atrás, na Alemanha, reuniu cientistas interessados nesse tema. Para alguns, nossa capacidade de trocar a recompensa imediata por outra futura (sem a qual nem sequer iríamos à escola) é que nos diferencia de animais mais impulsivos. Outros argumentam que a paciência necessária para aguardar resultados mais promissores também tem raízes evolutivas e que, em certas situações experimentais, somos mais imediatistas que os chimpanzés.

Embora chimpanzés possam dar manifestações incontestáveis de paciência para aguardar resultados de suas ações, nesses animais falta uma característica tipicamente humana: o altruísmo desinteressado em torno de objetivos abstratos. Há evidências claras da existência de comportamentos cooperativos e de altruísmo em outras espécies, mas eles estão quase sempre associados a interesses de reciprocidade. O verdadeiro altruísmo parece exigir níveis elevados de cognição, que envolvem a capacidade de decifrar o estado mental do outro (a teoria da mente).

A generosidade em compartilhar alimentos com estranhos, cuidar de filhos alheios e ir à guerra em defesa da pátria resulta de processos adaptativos independentes, combinados pelos seres humanos de modo absolutamente original.

Todos os pesquisadores concordam que a habilidade para criar culturas complexas é característica unicamente nossa. Enquanto os demais primatas têm dificuldade de aprender com seus semelhantes, nós somos imitadores tão hábeis que os conhecimentos adquiridos por uma geração são transmitidos de pai para filho.

No entanto, a criatividade humana é fenômeno relativamente moderno. Durante milênios, a incapacidade de inovar manteve os hominídeos num pântano intelectual bem próximo daquele dos outros primatas. Os museus mostram que a forma de machados, lanças, flechas e utensílios domésticos permaneceu imutável por centenas de milhares de anos, em diversas populações.

Como explicar que uma espécie de primatas que nasceu há 5 milhões de anos, apenas nos últimos 30 mil anos tenha aprendido a desenhar em cavernas e criado rituais fúnebres, a agricultura e a tecnologia que levou o homem à Lua?

Que processos adaptativos possibilitaram esse salto evolutivo que nos tirou do estágio pré-simbólico e abriu as portas para o universo de símbolos característico das culturas contemporâneas?

O substrato neurobiológico que precedeu esse salto é desconhecido. O domínio do instrumental simbólico foi mediado pela linguagem, responsável pela reorganização da mente, da consciência e do mundo social, da qual emergiram valores culturais diversificados e inovadores.

Tais mecanismos adaptativos poderiam repetir-se com outros primatas? Surgirão macacos cultos como nós?

Teoricamente, é possível, desde que haja tempo suficiente e o *Homo sapiens* seja extinto. Enquanto andarmos por aqui, eles não terão a menor chance.

Maconheiro velho

Todo maconheiro velho reclama da qualidade da maconha atual. Perto da maconha daquele tempo, dizem, a de agora é uma palha sem graça.

A observação é paradoxal, porque a maconha de hoje tem concentrações muito mais altas de THC — o componente psicoativo da planta — do que as contidas nos baseados de vinte anos atrás.

A queixa procede, no entanto. O THC inalado, ao chegar no cérebro, libera quantidades suprafisiológicas de neurotransmissores — como a dopamina — ligados às sensações de prazer e de recompensa. Como tentativa de adaptação à agressão química representada pela repetição do estímulo, os circuitos de neurônios envolvidos na resposta, sobrecarregados, perdem gradativamente a sensibilidade à droga, produzindo concentrações cada vez mais baixas dos referidos neurotransmissores. Nessa fase, a nostalgia toma conta do espírito do usuário.

É por causa desse mecanismo de tolerância, ou dessensibilização, que o prazer induzido não apenas pelo THC mas por qualquer droga psicoativa diminui de intensidade com a administração prolongada. Se é assim, por que o usuário crônico insiste na busca de uma recompensa que não mais encontrará? Por que fraqueja depois de ter jurado parar? Por que alguém cheira cocaína mesmo quando vive o terror das alucinações persecutórias toda vez que o faz? A resposta está nos circuitos de neurônios responsáveis pela motivação, memória e aprendizado.

A memória e o processo de aprendizado, bem como a exposição do cérebro a drogas psicoativas, modificam a arquitetura das sinapses (o espaço existente entre dois neurônios através do qual o estímulo é modulado ao passar), dando início a uma cadeia de eventos moleculares capazes de alterar por muito tempo o comportamento individual.

Esse mecanismo compartilhado permite entender por que a "fissura" associada à abstinência costuma ser disparada por memórias ligadas ao ato de consumir a droga. Conscientemente, o usuário pode decidir tomar outra dose ao recordar a euforia ou a felicidade sentida antes. Estímulos sensoriais, no entanto, podem causar efeito semelhante: a visão do cachimbo de crack, o tilintar do gelo no copo, o esconderijo para fumar maconha. Até lembranças mais abstratas (um cheiro, uma música, um acontecimento, uma luminosidade) podem induzir à procura da droga mesmo na ausência de percepção consciente.

Não faz sentido falar generalizadamente em "efeito das drogas", visto que cada uma age segundo mecanismos farmacológicos específicos. Mas, se existe um efeito comum a todas elas, é a estimulação dos circuitos cerebrais de recompensa mediada pela liberação de dopamina, através da interação da droga com receptores localizados na superfície dos neurônios.

Está bem documentado que o bombardeio incessante desses neurônios reduz progressivamente o número de receptores que respondem à dopamina. À medida que o cérebro fica menos sensível a esse mediador, o usuário começa a perder a sensibilidade às alegrias cotidianas: namorar, assistir a um filme, ler um livro. O único estímulo ainda intenso o bastante para ativar-lhe os circuitos da motivação e do prazer é o impacto da droga nos neurônios.

Essa inversão de prioridades motivacionais torna seus atos incompreensíveis. Não é verdade que o adolescente rouba o anel de estimação da mãe para comprar crack porque não tem amor por ela; ele o faz simplesmente porque gosta mais do crack.

A maioria dos que se libertaram da dependência de uma droga se queixa de que é preciso lutar pelo resto da vida contra a tentação de recair. Não conhecemos com exatidão os passos pelos quais as drogas psicoativas induzem alterações permanentes no cérebro. Mas os especialistas suspeitam que a resposta esteja nas distorções que elas provocam na estrutura das sinapses.

Nos últimos anos, foi demonstrado que durante o processo de memorização surgem novas ramificações nos neurônios. E que esses novos prolongamentos vão estabelecer sinapses duradouras com os neurônios da vizinhança, aumentando a complexidade e a versatilidade da circuitaria nas áreas do cérebro que coordenam a memória.

Quando sensibilizamos camundongos à cocaína, ocorre fenômeno semelhante: surgem novas ramificações e novas sinapses nos neurônios situados nas áreas que controlam os sistemas de recompensa e de tomada de decisões.

Os circuitos envolvidos no aprendizado e na memória estão sendo vasculhados pelos que estudam a neurobiologia da adição. Talvez esses circuitos nos permitam entender por que alguns experimentam drogas para viver uma experiência agradável e não se tornam dependentes, enquanto outros transformam seu uso em compulsão destruidora.

A trajetória da cocaína

Só quem desconhece a rotina das cadeias pode imaginar que seja possível impedir a entrada de drogas.

Se nos países ricos, em presídios de segurança máxima, guardados por carcereiros treinados e bem pagos, a droga é um problema insolúvel, imagine no nosso.

Nesta crônica, leitor, vou descrever a trajetória percorrida pela cocaína nas cadeias de São Paulo nos últimos vinte anos.

Até a década de 80, éramos ingênuos a ponto de considerar o uso de cocaína uma extravagância de gente endinheirada. Os primeiros casos de aids se encarregaram de demonstrar que havia uma epidemia de cocaína injetável na periferia da cidade.

Em 1989, comecei um trabalho médico voluntário nas cadeias da capital, que dura até hoje. Naquele ano, um inquérito epidemiológico conduzido por nós na antiga Casa de Detenção revelou que 17,3% dos presos eram HIV-positivos.

Muitos vinham para o atendimento com as veias dos braços em petição de miséria, sequela das aplicações intravenosas sem assepsia. Como não era fácil conseguir seringas e agulhas no presídio, o uso comunitário da parafernália para as injeções era prática corrente.

Nessa época iniciamos um programa educativo que envolvia palestras no cinema da Casa, concursos de cartazes sobre o tema e a distribuição periódica de *O Vira Lata*, gibi erótico em que o herói, um ex-presidiário, só fazia sexo com camisinha e condenava o uso de cocaína injetável.

Esse conjunto de intervenções, associado ao impacto das mortes por aids em todos os pavilhões, varreu do mapa a cocaína injetável, resultado final que os próprios detentos julgavam inatingível. Nunca mais os guardas apreenderam uma seringa sequer.

Não havia motivo para comemorar, infelizmente: nos anos de 1992 e 1993 o crack invadiu a Detenção. Droga preparada com o refugo da pasta de cocaína, tinha a vantagem do preço baixo, de dispensar as seringas e agulhas transmissoras do HIV e de provocar no cérebro um "baque" de intensidade comparável ao da injeção intravenosa.

A desvantagem maior logo se tornou evidente. Enquanto as injeções perfuravam a pele e destruíam as veias, suplício que nem todos estavam dispostos a suportar, o crack não doía nem deixava as marcas denunciadoras do uso. As consequências foram devastadoras.

Na esteira do massacre de outubro de 1992, acontecimento-chave para entendermos como a disciplina no sistema penitenciário foi por água abaixo, a epidemia de crack se espalhou entre os 7 mil detentos do Carandiru e contaminou outras cadeias.

Não há estatísticas para estimar o número de usuários, mas foram tantos que, quando um paciente negava o uso, eu o considerava mentiroso.

O crack é invenção do diabo. No usuário crônico o efeito

termina em segundos, mas a compulsão que o obriga a vender a roupa do corpo persiste pelo resto da vida. Nas garras da dependência, os detentos contraíam dívidas impossíveis de pagar. Os inadimplentes tinham duas opções: pedir transferência para o Amarelo, setor protegido em que permaneciam trancados 24 horas por dia, ou acabar a carreira na ponta de uma faca.

No fim dos anos 90, o Amarelo chegou a ter mais de seiscentos presos, quase 10% da população da Casa.

Os guardas de presídio mais experientes diziam que o crack tinha subvertido a hierarquia da prisão e as leis do Crime de forma tão radical que seria impossível acabar com ele nas cadeias, previsão com a qual eu concordava plenamente.

Estávamos enganados. Quando uma das facções conseguiu sobrepujar as demais e impor suas leis entre os presidiários paulistas, o crack foi considerado prejudicial aos negócios e terminantemente proibido. Por ordem do comando, quem fosse pego fumando era expulso do convívio e forçado a pedir asilo nas celas de segurança; quem ousasse traficar recebia sentença de morte.

Como as leis do Crime foram feitas para ser respeitadas, os presídios do estado de São Paulo ficaram completamente livres do crack.

Partindo do princípio de que na vida marginal tudo começa nas cadeias, tive a esperança de que num segundo movimento ele fosse banido da periferia de São Paulo, como acontecera com a cocaína injetável. Outro engano.

Uma traficante que atendi na penitenciária feminina explicou por quê: "Se quiser ganhar dinheiro na rua, doutor, a droga é o crack".

Óleo de rícino

Trinta anos atrás, uma senhora que sofria de reumatismo me contou ter sido tratada com óleo de rícino. Duas vezes por semana ela ia ao consultório e o médico perguntava: "Hoje a senhora prefere o vermelho ou o alaranjado?". Vermelha era a cor no pote que continha óleo de rícino com groselha; no outro, o óleo vinha misturado com essência de laranja, para disfarçar o gosto insuportável do purgativo.

Até aí, nenhuma novidade: em tantos anos de profissão já vi os tratamentos mais estapafúrdios prescritos tanto por médicos tradicionais como pela autodenominada medicina alternativa; o curioso nesse caso é que a receita vinha de um renomado professor universitário, autor de um tratado de clínica médica adotado em várias faculdades. E, mais desconcertante: a senhora estava convencida de que graças à ação do famigerado óleo as dores entravam em períodos de acalmia.

Óleo de rícino é dotado de atividade antirreumática? É muito improvável que o seja, mas a medicina daquele tempo oferecia poucos recursos e não se apoiava em evidências experimentais. Os médicos seguiam condutas e receitavam remédios com base em teorias jamais comprovadas cientificamente, ou de acordo com ideias preconcebidas e experiências pessoais.

Parte expressiva desse entulho do empirismo ainda se acotovela nas prateleiras das farmácias sob o rótulo de protetores do fígado, fortificantes, revitalizadores, complexos vitamínicos, e de mirabolantes associações de panaceias que apregoam no rádio e na TV curar males tão diversos quanto falta de memória, fraqueza, irregularidades menstruais, gripes, impotência sexual e doenças do fígado.

A explosão do conhecimento científico que revolucionou a forma de praticar medicina a partir da segunda metade do século XX implantou o paradigma de que qualquer tratamento médico só pode ser adotado depois de haver demonstrado eficácia estatisticamente significante em estudos conduzidos com absoluto rigor científico. A experiência pessoal ou de terceiros é importante para ajudar o médico a interpretar resultados e referendar ou não as conclusões tiradas nesses estudos, mas não é suficiente para substituí-los.

Por que a exigência desse rigor? Primeiro, porque as doenças evoluem de modo imprevisível: curas e recaídas podem suceder-se sem nenhuma relação com o tratamento instituído. Segundo, porque cada organismo reage de acordo com suas idiossincrasias: o remédio que cura um pode matar outro. Terceiro, por causa da existência do efeito placebo, isto é, do alívio que o simples ato de ir ao médico e tomar remédio pode trazer para algumas pessoas.

Mil anos atrás, Isaac Judaeus, médico de alta reputação no Egito, escreveu os seguintes aforismos:

1. A maioria das doenças é curada pela Natureza, sem ajuda do médico.

2. Não confie em remédios que curam tudo, eles são fruto da ignorância e da superstição.

3. Faça o paciente sentir que será curado mesmo que você não esteja convencido, porque assim ajudará o esforço curativo da Natureza.

O caso da vitamina C é um bom exemplo. Nos anos 70, o cientista Linus Pauling lançou a ideia de que vitamina C em doses altas melhoraria a imunidade, preveniria gripes, resfriados e até câncer. Pauling havia sido agraciado com dois prêmios Nobel: o de Química e o da Paz, mas entendia de medicina tanto quanto eu de pontes e barragens. O resultado foi o uso indiscriminado de vitamina C, porque usuários contumazes que passam dois anos sem gripe atribuem à vitamina o poder protetor; quem teve um resfriado que foi embora em dois ou três dias enquanto o do vizinho levou cinco, faz o mesmo.

O uso de vitamina C alardeado por Pauling ainda rende centenas de milhões de dólares em vendas anuais, mas não foi suficiente para livrá-lo do câncer de próstata no fim da vida nem demonstrou eficácia alguma na prevenção ou no tratamento de gripes e resfriados, em nenhum estudo realizado.

Agora vejam o caso da reposição hormonal, cuja indicação para todas as mulheres no climatério era defendida por alguns médicos com base no argumento de que os benefícios seriam inúmeros; entre eles, o de reduzir o número de ataques cardíacos e derrames cerebrais, porque a reposição provoca aumento do colesterol HDL ("protetor") e diminuição do LDL ("o mau colesterol").

Então, os americanos publicaram em 2002 os resultados do megaestudo conhecido como *Women's Health Initiative* (WHI), no qual 160 mil mulheres vinham sendo acompanhadas desde 1991. Na comparação das mulheres que receberam reposição hormonal com as que tomaram comprimidos-placebo, ficou claro que as primeiras de fato apresentaram aumento do "bom" e diminuição do "mau" colesterol, mas, para surpresa de todos, o número de ataques cardíacos entre elas foi 28% maior; além disso, houve mais casos de derrame cerebral, trombose e câncer de mama. Enquanto a reposição reduziu o número de fraturas por osteoporose e, inesperadamente, a incidência de câncer de intestino.

Não fosse esse estudo, quantos milhões de mulheres estariam recebendo reposição hormonal com a justificativa de reduzir o risco de doença cardiovascular?

Hoje, ao indicarmos a reposição a uma mulher na menopausa, dispomos de dados para analisar vantagens e desvantagens naquele caso particular, e temos o dever de discuti-las com nossas pacientes, para que seja tomada uma decisão conjunta.

A medicina baseada em evidências decretou o fim do médico lacônico que impõe tratamentos prescritos em hieróglifos. Na medicina moderna, o papel do profissional é apresentar as evidências e ajudar os doentes a decidir qual das opções é a mais adequada para seu caso.

Instinto materno

Mulheres que engravidam depois dos quarenta têm quatro vezes mais chance de chegar aos cem anos. Essa é uma das conclusões do grupo da Universidade de Boston que participa do célebre *New England Centenarian Study*, dedicado a acompanhar uma coorte de homens e mulheres que ultrapassaram a invejável marca de um século de vida, sonhada mesmo pelos que negam até a morte o desejo de atingi-la.

Os autores do estudo atribuem tal achado a um possível retardo no processo de envelhecimento associado à ocorrência da gravidez numa época em que a concentração de hormônios sexuais já se encontra em declínio. A tempestade hormonal e os mediadores neuroquímicos liberados durante as fases de gestação e aleitamento teriam a propriedade de contrabalançar deficiências cognitivas relacionadas com a menopausa, proteger melhor o cérebro e conduzir à longevidade.

Do ponto de vista evolutivo, nós, mamíferos, descendemos dos répteis, animais que se acasalam, botam ovos em esconderijos aquecidos e vão cuidar da vida pessoal; o futuro da prole não lhes diz respeito. Na transição para animais que amamentam seus filhotes, sucedida há cerca de 90 milhões de anos, nossos antepassados optaram por estratégias mais responsáveis: manter os filhos no útero da mãe para que nascessem com maior probabilidade de sobrevivência, amamentá-los e defendê-los das agressões externas até serem capazes de andar com as próprias pernas.

C. Kinsley e K. Lambert fizeram uma revisão sobre esse tema na revista *Scientific American*. Virtualmente, dizem eles, "nos mamíferos, todas as fêmeas sofrem profundas mudanças comportamentais durante a gravidez e a maternidade, porque o que antes era um organismo devotado a suas necessidades e à sobrevivência individual agora precisa concentrar-se nos cuidados e no bem-estar dos filhos".

Na década de 40, demonstrou-se que estrogênios e progesterona, os hormônios sexuais femininos, modulam respostas como agressão e sexualidade em cachorros, gatos e ratos. Mais tarde, ficou claro que esses hormônios sexuais, juntamente com a prolactina, mensageiro essencial à produção de leite, são fundamentais para a adoção do comportamento materno.

Nos últimos vinte anos, além desses hormônios, foram descritos mediadores químicos que também exercem influência no comportamento materno através de ação direta sobre o sistema nervoso central. É o caso das endorfinas, produzidas pela hipófise e pelo hipotálamo para combater os efeitos nocivos da dor, substâncias liberadas em quantidades crescentes à medida que a gestação se aproxima do final, com o objetivo de reduzir o sofrimento causado pelas dores do parto e de contribuir para a instalação do comportamento materno.

No momento do parto, a hipófise e o hipotálamo secretam, ainda, ocitocina, que estimula as contrações uterinas e a liberação do leite. Esse hormônio, também produzido na fase de amamentação em resposta à sucção do leite através do mamilo, estimula o hipocampo, área cerebral envolvida no processamento da memória e do aprendizado.

O mais interessante é que, uma vez disparado pelos hormônios e mediadores citados, o comportamento materno diminui sua dependência deles: a simples presença do filho se torna suficiente para mantê-lo. Exames do cérebro de ratas em época de aleitamento mostram que ocorre ativação de uma área cerebral conhecida como núcleo accumbens, na qual se integram neurônios encarregados das sensações de reforço e de recompensa, mecanismos semelhantes aos implicados na dependência de drogas. Curiosamente, ratas tornadas dependentes de cocaína, quando colocadas diante do dilema da escolha entre a droga e os filhotes recém-nascidos, dão preferência a estes.

Uma área do hipotálamo feminino denominada MPOA está envolvida no comportamento materno. Em ratos, a injeção de morfina nessa região desestrutura a ligação mãe-filho. Mas outras áreas cerebrais estão envolvidas nesse relacionamento: a amígdala e o córtex cingulado, estações para onde confluem os circuitos de neurônios que transmitem sinais associados às emoções e ao medo.

A ativação dessas áreas em animais de laboratório causa profundo impacto no comportamento materno. A ação dos hormônios e dos mediadores mencionados tem a finalidade de reduzir o medo e a ansiedade e de proporcionar maior habilidade de orientação espacial (característica que não é o forte feminino), para dar coragem às fêmeas de abandonar o ninho, ir atrás de alimentos, e encontrar rapidamente o caminho de volta a fim de proteger os filhotes com unhas e dentes, como só as mães sabem fazer.

É muito provável que o desafio de engravidar e de garantir a sobrevivência da prole induza alterações persistentes no cérebro materno, capazes de interferir nas emoções, na memória, no aprendizado, e de explicar a facilidade com que as mulheres executam múltiplas tarefas simultâneas.

Filhos pequenos são seres totalmente dependentes, mamam a cada três horas, sujam fraldas, esfolam os mamilos da mãe, choram por qualquer necessidade e ainda custam caro. Que mulher aguentaria esse inferno com o cérebro de moça virgem?

Por acaso, a vida

Muitos imaginam que a vida na Terra evoluiu de seres inferiores com o único objetivo de dar origem ao homem. Com o aparecimento de nossa espécie a evolução teria atingido os píncaros da glória.

Essa visão antropocêntrica não resiste à análise mais superficial. Há 4 bilhões de anos, assim que a crosta terrestre resfriou, já surgiram as primeiras bactérias, mães das que estão aí até hoje aparentemente felizes com seu destino, sem nenhuma intenção de se tornar mais humanas.

Se os primeiros hominídeos começaram a andar sobre as duas pernas nas savanas africanas há meros 5 milhões de anos, houve 3,995 bilhões de anos de vida sem nossa presença. Imaginar que um ser superior precisasse de tanto tempo de experimentação para obter indivíduos tão imperfeitos quanto nós é fazer pouco de sua inteligência.

Se a evolução tivesse como finalidade atingir a "perfeição" com a criação do *Homo sapiens*, por que razão nossos parentes

180

mais próximos, com quem compartilhamos mais de 98% de nossos genes, os chimpanzés, teriam surgido 2 milhões de anos depois de nós? Seriam eles mais evoluídos ou a prova de uma experiência fracassada de aprimoramento?

A seleção natural não defende hierarquia alguma nem os interesses de nenhuma espécie (os dinossauros que o digam), apenas privilegia os indivíduos mais aptos, capazes de vencer a competição pela sobrevivência para reproduzir-se e garantir a presença de seus genes no repertório genético das gerações futuras.

Veja o caso do mais forte de nossos parentes, o gorila. No auge da forma física, um macho chega a pesar duzentos quilos, mais que o dobro do peso das fêmeas. A força bruta lhe confere poder para acasalar-se com várias companheiras e condições para defender a prole.

A oferta abundante de vegetação rasteira nas regiões africanas que os gorilas habitam não cria obstáculos para a vida em grupo. Eles vivem em tropas formadas pelo macho protetor, por meia dúzia de fêmeas, pelos filhotes pequenos e pelos jovens.

Os biólogos sabem que a existência de machos grandes e fêmeas pequenas (dimorfismo sexual) é indicativa de disputa pela posse das fêmeas naquela espécie. Os gorilas não fogem à regra. Machos solteiros que atingem a plenitude física não se conformam com o celibato e passam a fustigar os mais velhos em seus haréns.

Os combates são violentos, como atestam as cicatrizes que os gorilas machos carregam, mas não são mortais: o perdedor simplesmente se retira, submisso. Quando o vencedor é o desafiante, sua primeira providência é matar os filhotes pequenos, defendidos com unhas e dentes pelas mães.

Voltemos à seleção natural. Teoricamente, os machos que assim agem deveriam ser condenados ao ostracismo e ter seus genes eliminados da comunidade. Se o comportamento infanticida contraria os interesses de sobrevivência da espécie dos gorilas, como consegue ser transmitido de geração para geração?

O comportamento se transmite de pai para filho porque as fêmeas que acabaram de perder suas crias abandonam o macho incapaz de protegê-las, para seguir em companhia do intruso. Como param de amamentar, menstruam e engravidam do novo marido, que passa seus genes para a frente e, com eles, a probabilidade de que os filhos sejam brutais como o pai.

Esse tipo de comportamento infanticida não é exclusivo dos gorilas. Os leões machos, por exemplo, agem de modo semelhante, e as leoas reagem da mesma maneira que as fêmeas dos gorilas.

Desprover de qualquer propósito intencional a evolução é a única forma sensata e racional de estudá-la, e em hipótese alguma retira a beleza da criação. Muito pelo contrário, pobreza é imaginar que a vida surgiu sob o comando da varinha de condão de um mágico caprichoso.

Entender como as primeiras moléculas se combinaram aleatoriamente no ambiente primordial da Terra que resfriava, até dar origem às moléculas de RNA e DNA, dotadas da incrível propriedade de fazer cópias de si mesmas, que souberam fabricar camadas externas de proteínas e açúcares para protegê-las e assim construir os primeiros seres unicelulares, habitantes exclusivos de nosso planeta por 3 bilhões de anos, que mais tarde se organizaram em formas cada vez mais complexas, numa explosão de biodiversidade que por uma sucessão infinita de acasos chegou até mim e você, leitor, oferece uma visão muito mais grandiosa da vida e nos ensina a respeitá-la, acima de tudo.

Textos apócrifos

Sou contra a prisão perpétua; mas sou a favor dela para quem escreve textos apócrifos na internet.

Segundo o dicionário Houaiss, apócrifo é um texto falsamente atribuído a um autor ou de cuja autoria se tenha dúvida. Ele cita um exemplo: "várias poesias atribuídas a Luís de Camões são apócrifas por seus editores haverem introduzido em sua lírica textos de outros poetas".

Outro caso célebre foi o que ocorreu com o genial Jorge Luis Borges, que jamais alinhavaria as mediocridades contidas naquele que acabou divulgado como o mais popular de "seus" poemas: "Se pudesse viver novamente minha vida, na próxima trataria de cometer mais erros [...] tomaria mais sorvetes [...] andaria descalço...". Alguém imaginaria Borges, que passou a vida entre os livros, descalço pelas ruas, lambendo um sorvete?

Mas foi com o advento da internet que a falsidade autoral chegou ao apogeu. Escritores e jornalistas como Carlos Heitor Cony, Arnaldo Jabor e Luis Fernando Verissimo foram vítimas desse desrespeito.

Comigo já havia acontecido duas vezes. Na primeira, um amigo me enviou por e-mail uma crônica, com minha foto sorridente, na qual eram ressaltadas as virtudes do companheirismo entre os casais. No final da mensagem, esse amigo acrescentava: "Que coisa melosa! Seu nível está cada vez mais baixo".

Indignado, procurei saber como provar minha inocência. Descobri que essas coisas são lançadas na rede e se disseminam feito os boatos; impossível localizar de onde partiram.

Na semana seguinte fui cumprimentado por várias pessoas pela autoria daquele "texto maravilhoso" que uma apresentadora de TV, comovida, havia lido num programa matutino.

Meses mais tarde, com o título de "A porta do lado", surgiu outra página apócrifa com minha foto e assinatura. Tomei conhecimento de sua existência ao receber congratulações pelas "sábias palavras" nela contidas. Ao lê-las, infelizmente não pude perceber tal sabedoria, e tornei a ficar morto de vergonha.

Talvez entusiasmados pelo sucesso dos escritos anteriores, os responsáveis por eles lançaram um terceiro em meu nome: "A arte de não adoecer". Por se tratar de um tema de saúde, dessa vez achei conveniente afirmar publicamente que nada tenho a ver com ele.

Já no primeiro parágrafo o autor demonstra ter a mente infestada de certezas: "Se não quiser adoecer, fale de seus sentimentos. Emoções e sentimentos que são escondidos, reprimidos, acabam em doenças como: gastrite, úlcera, dores lombares, dor na coluna. Com o tempo a repressão dos sentimentos degenera até em câncer".

E segue nessa direção para chegar a um final de rara inspiração poético-filosófica: "O bom humor, a risada, o lazer, a alegria, recuperam a saúde e trazem vida longa. A pessoa alegre tem o dom de alegrar o ambiente em que vive. O bom humor nos salva das mãos do doutor. Alegria é saúde e terapia".

Embora já tenha recebido elogios por mais essas "sábias palavras", tomo a liberdade de deixar claro que só um escritor primário, um médico ignorante ou alguém dotado de ambos os atributos assinaria um descalabro tão pretensioso.

A ideia de que através da mente conseguimos controlar os males da carne sempre fascinou o homem. Conviver com a fragilidade inerente à condição humana, que pode ser extinta por um evento imprevisível e tantas vezes aleatório como a doença, é inaceitável para muitos. A história da medicina é povoada de feiticeiros, pitonisas, pajés, médiuns e exorcistas especializados na arte de expulsar os maus fluidos e os espíritos que se apossaram dos enfermos.

No século XX, quando as pessoas mais cultas começaram a sentir desconforto com a ideia de tratar pacientes por meio de intervenções sobrenaturais, os pensamentos de Sigmund Freud, deturpados por gente que só ouviu falar em porta de botequim dos trabalhos do médico austríaco, caíram como uma luva para explicar a doença como resultante de processos engendrados pelo cérebro, de forma consciente ou não.

A convicção de que o subconsciente tem esse poder é imbatível: mesmo que você jure por todos os santos nunca ter pensado de determinado jeito, seu subconsciente poderá ser incriminado. Caiu de cama? Também, neurótico como você é! Não consegue melhorar? Também, com esse negativismo! No fundo você não quer ficar bom!

Travestida de interpretação psicanalítica, essa filosofia de almanaque nada mais é do que a versão contemporânea da prática secular de jogar no doente a culpa pela doença. Na Idade Média, a hanseníase acometia apenas os ímpios que desafiavam a ira do Senhor; no século XIX, morriam de tuberculose as moçoilas desiludidas e os rapazes devassos; e, mais recentemente, adquiriam aids somente os promíscuos.

Esquecer que hanseníase e tuberculose são causadas por bactérias desinteressadas do que pensam seus hospedeiros, a aids por um vírus alheio a julgamentos morais, e o câncer por interações de alta complexidade entre o DNA celular e o meio externo é ridículo.

Não há dúvida de que o psiquismo interfere em todos os processos orgânicos e é por eles influenciado. A interação é tão íntima que a separação didática entre corpo e mente constitui tema debatido por Descartes; na medicina moderna ninguém mais perde tempo com ele.

Atirar nos subterrâneos da consciência a culpa das moléstias que nos afligem, desculpem, mas é ignorância em estado bruto; superestimar os poderes da mente na gênese e no tratamento delas, também.

As grandes e as pequenas tragédias

Viver no Brasil é mais arriscado.

Tinha decidido que o tema desta crônica seria o estudo do economista Gabriel Hartung, da Fundação Getulio Vargas, a respeito da relação existente entre crime e gravidez indesejada. O trabalho foi inspirado na publicação do economista Steven Levitt, que atribuiu a queda simultânea da violência nas grandes cidades americanas ocorrida a partir de 1993 à legislação que dezessete anos antes havia liberado o aborto nos Estados Unidos.

Resolvi fazê-lo porque minha experiência colhida em vinte anos de trabalho em presídios paulistas coincide com as conclusões do autor em sua pesquisa conduzida com rigor acadêmico: a gravidez fortuita, fruto da falta de acesso aos métodos de contracepção — a violência mais brutal cometida pela sociedade brasileira contra as famílias pobres —, colabora decisivamente para o aumento da criminalidade.

Enquanto escrevia, recebi um telefonema angustiado de minha filha mais nova, seguido por outro da irmã. Queriam saber se eu não tinha viajado repentinamente, como às vezes acontece, porque havia notícias da queda de um avião em Congonhas.

Ignorante em questões aeronáuticas, jamais me atreveria a levantar hipóteses sobre as causas do desastre, mas a expressão "tragédia anunciada" empregada por vários jornalistas e nas seções de leitores encontra certa lógica. De uns tempos para cá, atrasos, cancelamentos, conexões perdidas, trocas sucessivas de portão de embarque e a gritaria esganiçada dos alto--falantes que tenta pôr ordem na bagunça deixam inseguros até passageiros como eu, acostumados a pegar no sono em plena decolagem.

Como conseguimos conviver com essa confusão assustadora, numa atividade que não admite erros?

A única explicação é que a vida humana no Brasil vale menos que em outros países.

É por valer menos que hordas de bêbados deixam os bares e saem com seus carros em alta velocidade sem que a polícia os intercepte antes que matem inocentes.

A certeza de impunidade é que leva o ladrãozinho do semáforo a disparar à queima-roupa contra a vítima que ousou desobedecer à ordem de parar.

Pela mesma razão, nossos policiais matam mais que os outros, e os marginais atiram contra eles com muito mais tranquilidade do que em qualquer país civilizado.

Por que as mesmas multinacionais fabricantes de cigarro que fazem acordos com o governo americano nos quais se comprometem a desembolsar centenas de bilhões de dólares a título de indenização para cobrir parte dos prejuízos causados pelas doenças provocadas pelo fumo (que matam 400 mil americanos por ano), nunca pagaram no Brasil um centavo sequer pelo tratamento de um caso de câncer de pulmão?

O que leva a Igreja Católica a pagar mais de 600 milhões de

dólares às vítimas da pedofilia perpetrada por padres em colégios dos Estados Unidos e a fingir que fatos idênticos jamais ocorreram no Brasil? Por que sai de graça molestar crianças brasileiras?

Se não for por flagrante desrespeito à vida dos que dependem de verbas públicas para matricular os filhos na escola e receber assistência médica, por que motivo seríamos coniventes com tamanha corrupção praticada por políticos e funcionários públicos mancomunados com empresários bandidos, sem que a Justiça possa reaver o dinheiro roubado nem trancar um só na cadeia por mais de quinze dias?

Numa manhã da semana passada, às sete horas, encontrei um colega mais velho com a fisionomia abatida no elevador do hospital. Contou que sua aparência era resultado da noite maldormida porque um doente operado na véspera passara a madrugada com febre alta.

Enquanto aquele médico com mais de cinquenta anos de profissão perdia o sono por causa de um paciente com febre, quantas pessoas se acotovelavam nos ambulatórios, prontos-socorros e corredores dos hospitais públicos à espera da atenção que a sociedade lhes nega?

Grandes tragédias provocam comoção geral pela imprevisibilidade com que ocorrem e porque têm o dom de gerar empatia e sentimentos de solidariedade humana. Nós nos imaginamos no lugar dos que foram vitimados por elas e chegamos a sentir uma parcela ínfima da dor dos que perderam entes queridos.

As pequenas, no entanto, graças à repetição diária sob nosso olhar complacente, acabam por anestesiar a compaixão pelo outro e tornam banal a convivência com o sofrimento alheio.

Panaceias modernas

As mães podem ser divididas em duas grandes categorias: a das que acham que os filhos devem tomar vitamina B e a das que acham que eles devem tomar vitamina C.

Pertencem ao primeiro grupo as progenitoras de crianças entediadas, de adolescentes viciados em fast-food, em época de vestibular ou que estejam mais magros do que elas gostariam. Seu sonho é ver os rebentos devorar pratos repletos de alimentos da qualidade que essas senhoras julgam ideal, porque acreditam ser as vitaminas do complexo B dotadas do poder de trazer saúde e de abrir o apetite do mais empedernido inapetente.

Já as que defendem o uso da vitamina C não são movidas pela intenção de engordar filhos, mas pelo desejo irrefreável de fortalecer-lhes a imunidade. Para elas, o primeiro espirro é indicação sumária de pelo menos quinhentos miligramas por dia desse santo remédio, capaz de transformar os glóbulos brancos de seus pimpolhos em verdadeiros homens-aranhas, destruidores implacáveis de vírus ou bactérias que porventura ousem confrontá-los.

Filhos e netos dessas mulheres transmitirão sua fé nos poderes mágicos das vitaminas aos descendentes, perpetuando a crendice.

A classe médica, por seu turno, colabora decisivamente para a manutenção desses mitos toda vez que prescreve vitamina C para alguém resfriado ou complexo B para "dores nevrálgicas".

A consequência é visível em qualquer farmácia: prateleiras imensas, quando não lojas inteiras, abarrotadas das associações mais estapafúrdias que a imaginação humana é capaz de criar: suplementos que contêm o abecedário vitamínico de A a Z, combinados com aminoácidos essenciais ou facultativos, minerais como zinco, selênio, molibdênio e manganês, além de dezenas de fitoterápicos com nomes pomposos escritos em latim.

A oferta de preparações que contêm vitamina C, então, atende a todos os gostos: comprimidos, que vão de cem miligramas a um grama, das mais variadas colorações, dos sabores mais exóticos, efervescentes, mastigáveis, deglutíveis, e, para agradar aos mais radicais, até ampolas para injeção intravenosa. Nenhum dos estudos já publicados, envolvendo milhares de pacientes, conseguiu demonstrar atividade alguma da vitamina C na prevenção ou tratamento de doenças infecciosas.

Então vitamina C não tem serventia?

Também não é assim, ela serve para tratar quem sofre de escorbuto. Se existissem comprimidos de vitamina C em sua época, os marinheiros de Cabral, Colombo e Vasco da Gama não teriam padecido desse mal.

Ciente dessa demanda do imaginário popular, a indústria investe em publicidade para ligar a imagem das vitaminas ao combate à fraqueza, às infecções, à impotência sexual e à manutenção do bom apetite e do bem-estar.

Salvo no caso de crianças raquíticas, desnutridas, de alcoólatras inveterados e de pessoas idosas debilitadas que não conseguem ingerir frutas, verduras ou legumes, acrescentar vitaminas à dieta é desperdício. Para satisfazer suas exigências metabólicas, o organismo humano necessita de doses ínfimas desses micronutrientes; o excesso é filtrado pelos rins e excretado na urina. O vaso sanitário é o destino prosaico dos suplementos vitamínicos adquiridos nas boas casas do ramo.

Se as quantidades de vitaminas contidas nos comprimidos das farmácias fossem necessárias para a sobrevivência de nossa espécie, você não estaria lendo, nem estas linhas existiriam, porque nossos antepassados, que disputavam carcaças com as hienas e os abutres para alimentar a família na caverna, teriam sido extintos.

O mercado mundial de suplementos vitamínicos movimenta bilhões de dólares anuais. Os compradores não são apenas as pessoas que os adquirem em lojas de produtos importados, mas principalmente gente humilde arregimentada pela propaganda que é veiculada nos programas populares de rádio e na TV sem que nenhum órgão de defesa do consumidor proíba esse abuso imoral.

Gemei neste vale de lágrimas

Lidamos mal com a dor. A descoberta de novas drogas e os avanços tecnológicos que transformaram em ciência a medicina da segunda metade do século xx não tiveram o mesmo impacto no tratamento da dor: ainda não foi encontrado analgésico de qualidades superiores às da velha e boa morfina.

Por que esse contraste?

Primeiro, por razões históricas: a dor está nos calcanhares de nossa espécie há pelo menos 5 milhões de anos. Já imaginaram quebrar uma perna, sentir cólica renal ou dor de dente no tempo das cavernas?

Segundo, porque, cada uma a seu modo, as religiões souberam encontrar finalidade no sofrimento físico ao atribuir-lhe função purificadora. Suportar a dor é ensinamento milenar do cristianismo como receita infalível para a felicidade na vida eterna. Em diversas crenças, penitências e autoflagelações são consideradas demonstrações de fé.

Quando a lei que autorizaria pesquisas com células-tronco foi levada à votação na Câmara dos Deputados, assisti a uma discussão insólita entre uma mocinha que defendia as pesquisas, sentada numa cadeira de rodas por causa de uma doença genética que enfraquece progressivamente os músculos, e um ativista de uma associação católica que se opunha a elas:

— Você acha que um óvulo fecundado num tubo de ensaio é uma vida mais importante do que o sofrimento de uma pessoa presa numa cadeira, como eu?

— Seu sofrimento não é nada, perto de Jesus crucificado — respondeu o rapaz.

Na Europa inquisitorial, mulheres foram queimadas na fogueira por gritar e maldizer as dores do parto, consideradas pela Igreja daquele tempo castigo divino imposto pelo Criador para expurgar o pecado cometido no momento da concepção. Na Inglaterra do século xx, crianças eram submetidas a pequenas cirurgias sem anestesia porque os médicos supunham que antes dos seis anos de idade o sistema nervoso, ainda imaturo, seria incapaz de conduzir adequadamente os estímulos dolorosos. Talvez por razões semelhantes, rabinos de hoje continuem a fazer circuncisões a sangue-frio, indiferentes aos berros do bebê.

A complacência com a dor alheia persiste insidiosa na medicina moderna. Fui formado pela usp sem assistir a uma só aula sobre tratamento de dores agudas ou crônicas, distorção lamentável que apenas nos últimos dez anos começou a ser corrigida nas faculdades; timidamente. Formar médicos sem prepará-los para considerar a dor um fato inaceitável torna-os desinteressados, incompetentes para enfrentá-la e, com o tempo, refratários ao sofrimento de seus pacientes.

Sem apelos sentimentais: enquanto você lê este texto, quantas pessoas pelo Brasil estão sentindo dores que poderiam ser controladas com esquemas analgésicos simples? Quanto padecimento poderia ser evitado se os médicos conhecessem melhor a farmacologia da morfina, analgésico de escolha para os quadros de maior intensidade, o único que pode ter sua dosagem aumentada sem limites? A situação é mais grave nos hospitais que atendem pelo sus, por razões óbvias: quem pode menos chora mais. Neles, o excesso de pacientes, a precariedade das instalações, a falta de profissionais e de remuneração para diversos procedimentos anestésicos criaram um universo cultural que parece não levar em conta a dor como fenômeno biológico.

No internato do Hospital das Clínicas, cabia ao interno que estagiava no pronto-socorro de obstetrícia atender às mocinhas com hemorragia causada por abortamento clandestino incompleto. O tratamento consistia em colocar um espéculo de aço inoxidável para abrir a vagina, pinçar o colo do útero com uma espécie de alicate dotado de duas garras perfurantes, tracioná-lo, dilatá-lo com cilindros metálicos de diâmetro crescente para dar passagem à cureta, e proceder à "raspagem" dos restos embrionários intrauterinos.

Chocados com os gemidos das pacientes, reunimos um grupo de internos para cobrar do chefe do pronto-socorro a presença de um anestesista na sala.

Ele respondeu atrás do cigarro:

— Não temos anestesista de plantão nem sala de recuperação para deixá-las até passar o efeito da anestesia. Depois, já imaginaram se elas contam para as amigas que nós resolvemos o problema com anestesia geral, a festa que vira isto aqui?

Decerto imaginava que as mocinhas pobres engravidariam e fariam abortamentos com agulha de crochê, como era habitual na época, só para ter direito à curetagem sob anestesia no Hospital das Clínicas.

Quase quarenta anos mais tarde, em boa parte das enfermarias e ambulatórios que atendem pelo sus a dor ainda é tratada à moda antiga.

A falta de pessoal e de instalações serve de justificativa para que se realizem sem nenhuma sedação endoscopias — nas quais são introduzidos tubos da grossura de um dedo pela boca para chegar ao duodeno, ou através do reto para examinar o intestino, ou pelo nariz para atingir as ramificações dos brônquios —, biópsias de próstata com agulhas inseridas por via retal, drenagens de abscessos profundos e outras intervenções dolorosas.

Até quando nós, médicos, vamos aturar essas limitações e compactuar com elas? Quanto tempo levará para rejeitarmos definitivamente essa visão complacente da dor? A função primordial da medicina é aliviar o sofrimento humano. Não há outra justificativa para a existência de nossa profissão.

Restrição do espaço e violência

A redução do espaço físico diminui a violência entre os homens. Essa afirmação pode parecer absurda quando comparamos a paz da vida campestre com a criminalidade urbana, mas atribuir às aglomerações humanas a responsabilidade pela insegurança em que vivemos é analisar superficialmente a questão.

Em 1962, sob o título de "Densidade populacional e patologia social", John Calhoun descreveu um experimento célebre no qual aumentava progressivamente o número de ratos no interior de uma gaiola. O aumento da população tornava-os agressivos, capazes de atacar sexualmente e de devorar os demais.

No final, com a gaiola apinhada, os ataques sexuais e as mortes se multiplicavam, bem como a ferocidade das lutas em defesa de posições privilegiadas junto à vasilha com comida localizada na parte central da gaiola, embora houvesse acesso fácil aos comedouros dispostos nos cantos. O autor concluiu que a superpopulação coloca o indivíduo e o sistema social sob estresse, mecanismo responsável pela eclosão de violência.

A experiência teve grande impacto entre os estudiosos do comportamento. Como evitar comparações entre a "gaiola comportamental" de Calhoun e os episódios de violência que eclodiam nas metrópoles nos anos 60? Desde então, o termo *densidade populacional elevada* passou a ser considerado um quase sinônimo de violência urbana, e a gaiola citada, argumento decisivo para justificar a associação entre ambas.

Em meados dos anos 90, li um artigo publicado por Frans de Waal, primatologista holandês radicado nos Estados Unidos, a respeito de observações de campo realizadas numa colônia (Arnhem) de chimpanzés. Primatas de origem africana como nós, pouco resistentes ao frio, os chimpanzés que viviam em liberdade numa ilha da colônia eram recolhidos para passar o inverno em área com calefação cujo espaço correspondia a 5% daquele desfrutado na ilha.

O acompanhamento mostrou que no inverno os animais se tornavam mais tensos e irritadiços, porém menos violentos. As consequências da redução de espaço físico nem de longe lembravam a brutalidade dos enfrentamentos e os ataques sexuais dos ratos na experiência de Calhoun.

Após a leitura do trabalho, fiz um paralelo das observações nele contidas com uma história contada por Tornado, mulato franzino, marido de duas mulheres, preso fazia vinte anos por, entre outros delitos, ter matado o vigia de uma fábrica que ele e dois comparsas assaltaram. Ao comparar os trinta dias de castigo que acabara de passar na Isolada — um conjunto de celas de dois metros por três onde se trancavam por infrações disciplinares cinco ou seis presos — com as penas impostas outrora, Tornado se referiu ao castigo atual como uma "temporada no sítio".

Naquela época, contou, punia-se a indisciplina com três meses de reclusão em celas onde havia vinte a 25 presos. O espaço era minúsculo, não podiam sequer sentar ao mesmo tempo.

Para dormir, criavam turnos de oito horas nos quais um terço deitava no cimento enquanto os demais permaneciam em pé, sem encostar um no outro, "porque ali era tudo homem com homem", nem falar em voz alta, "porque acordar vagabundo é problema".

Na troca de turno, reservavam uma hora para escovar os dentes, lavar o rosto, os pés e as axilas na pia — tarefas cumpridas com rigor a fim de não despertar a ira do grupo —, e urinar no vaso do xadrez, atividade proibida fora desse horário. Banho, apenas na ducha do andar às quartas e aos sábados, quando os funcionários abriam a cela para ser esfregada com água e sabão e borrifada com inseticida, que exterminava pulgas, sarnas e percevejos. Nessas oportunidades, aproveitavam para esvaziar os intestinos no banheiro coletivo, porque ousar fazê-lo na privada da cela era manifestação inequívoca de comportamento pusilânime, falta passível de expulsão ou coisa pior. A fisiologia do aparelho digestivo que se adaptasse às leis do cárcere.

Os presos é que estabeleciam as leis internas; aos funcionários cabia somente a rotina de abrir e fechar a cela duas vezes por semana, ocasião de transferir os presos punidos pelos companheiros. Apesar de tudo, atos violentos eram raríssimos na Isolada.

Como conseguiam conviver sem se matar?

Graças ao "código de boas maneiras", conjunto de leis não escritas cegamente acatado, que proibia, por exemplo, tossir ou palitar os dentes durante as refeições.

No caso dos chimpanzés agrupados no inverno e dos presos espremidos nas celas, a superpopulação também coloca o indivíduo e o sistema social sob estresse, como disse Calhoun, mas não dispara a violência encontrada nos ratos. Diante da restrição de espaço, primatas não reagem como roedores. A preservação dos grupos sociais foi tão essencial à sobrevivência de nossas espécies, que criamos regras de convivência para reduzir tensões e evitar

199

o risco de morte, uma vez que a exiguidade do espaço diminui a chance de escapar com vida se houver conflito.

Em condições de superpopulação, criar um código moral em que os conceitos de certo e errado estejam claramente definidos e estabelecer penalidades severas de aplicação imediata para os que ousarem transgredi-lo é uma estratégia de adaptação ao meio que a espécie humana emprega com maestria há milhões de anos.

Código pirata

Reduzida à essência, a vida não passa do "crescei e multiplicai-vos". A diferença fundamental entre o mundo vivo e o inanimado é nossa capacidade de produzir cópias de nós mesmos. Mas, do ponto de vista filosófico, existe entre o universo dos seres vivos e o dos não vivos uma zona fronteiriça, os vírus, partículas de incrível simplicidade: um punhado de genes empacotados no interior de uma cápsula formada por substâncias dotadas de atividade bioquímica. Por exemplo, o HIV, causador da aids, tem nove genes, enquanto nós temos 30 mil. Essas estruturas rudimentares nem sequer dispõem do aparato indispensável para multiplicação. Para reproduzir-se, são obrigadas a invadir células de um ser mais complexo (seja ele animal, vegetal ou uma simples bactéria) e a misturar seus genes com aqueles existentes no interior delas, de modo que, ao acontecer a multiplicação celular, a maquinaria envolvida na reprodução seja forçada a copiar involuntariamente as informações contidas nos genes virais e a fabricar as substâncias necessárias para a formação de novas unidades do vírus.

É como se introduzíssemos um código pirata num programa de computação, de tal maneira que a impressora, ao fazer a leitura do texto original, engasgasse e fosse obrigada a imprimir o texto pirata inúmeras vezes.

Vistos desse prisma, se não são capazes nem mesmo de multiplicar-se por conta própria, propriedade que como nenhuma outra caracteriza a vida, os vírus parecem mais próximos do universo inanimado.

Essa visão ficou clara a partir de 1935, quando Wendell Stanley conseguiu cristalizar um vírus que provoca manchas escuras nas folhas e prejuízos para a indústria do tabaco: o vírus do mosaico do fumo. Através da cristalização foi possível demonstrar que os vírus são pacotes formados por substâncias bioquímicas complexas, incapazes de exercer as funções metabólicas inerentes à vida. Pela descoberta, Stanley recebeu o Prêmio Nobel de Química, não o de Fisiologia e Medicina.

A simplicidade das estruturas virais torna o parasitismo essencial à sobrevivência. Enquanto uma bactéria presente no intestino de um mamífero recolhe do ambiente os nutrientes necessários e executa suas funções metabólicas às próprias custas, os vírus são forçados a parasitar praticamente todos os aspectos da vida bioquímica. Poderiam, então, ser relegados à categoria de seres inanimados, eternos parasitas de sistemas metabólicos dos seres vivos?

A tendência atual é levar esse debate filosófico para o campo da evolução através dos mecanismos de seleção natural enunciados por Darwin e Wallace.

Os biólogos que consideram os vírus seres inanimados partem do princípio de que eles não passariam de pequenos fragmentos de DNA ou RNA, por alguma razão "arrancados" dos cromossomos de um ser mais complexo, que, na ânsia de sobreviver, teriam adquirido a capacidade de construir uma cápsula a seu redor para proteger seus genes.

Mas há correntes de pensamento radicalmente opostas. Para seus defensores, os vírus são seres vivos essenciais para explicar a teia que a vida teceu nos últimos 3 bilhões de anos em nosso planeta.

Eles se baseiam no seguinte pressuposto: a maioria dos vírus conhecidos é inofensiva ao organismo parasitado. Esses seres encontraram formas de convivência pacífica, através das quais as defesas imunológicas do hospedeiro são neutralizadas por mecanismos incrivelmente engenhosos que a seleção natural privilegiou para oferecer-lhes a oportunidade de persistir em estado de dormência — às vezes durante anos —, até que as células infectadas decidam entrar em divisão e ler inadvertidamente o código pirata camuflado em seu interior.

Como a estrutura química dos genes de vírus, bactérias, plantas ou de seres humanos é a mesma, genes virais podem colonizar genomas alheios e integrar-se ao patrimônio genético da espécie infectada. A surpreendente biodiversidade existente entre os vírus, sua capacidade de infectar os mais diferentes organismos, a velocidade com que se multiplicam no interior das células e as mutações por eles sofridas fazem das partículas virais a maior fonte de inovação genética que a vida foi capaz de engendrar na face da Terra.

Podemos considerar inanimadas partículas que interferem de tal forma no repertório genético de todos os seres vivos? Partículas que introduzem seus genes no interior de genomas hospedeiros com a finalidade de obter milhões de cópias de si mesmas mas que, nesse processo de integração, modificam o repertório genético dos organismos aos quais infectam?

Pensando assim, será que nossos espermatozoides não funcionariam como vírus gigantes? Com exceção da cauda, que os ajuda a nadar, eles também não passam de um pacote de genes envolvidos por uma cápsula. Apesar das habilidades natatórias, só conseguem dar origem a um descendente quando penetram o óvulo, estrutura de alta complexidade em cujo interior os genes masculinos são introduzidos no momento da fecundação. Podemos dizer, então, que o espermatozoide é um ser inanimado, unicamente porque é incapaz de dividir-se por conta própria?

Afinal, a vida não é o "crescei e multiplicai-vos" a qualquer preço?

As cinco teorias de Darwin

Exceção feita à Bíblia, nenhum livro influenciou a filosofia do homem moderno como *A origem das espécies*, de Charles Darwin. Até a publicação dessa obra, em 1859, o pensamento científico não oferecia alternativa à visão religiosa; ao contrário, era inseparável dela: o Criador havia estabelecido as leis que regem o universo e criado todas as formas de vida na Terra num único dia. Numa época em que a cultura ocidental entendia ter sido o homem criado à imagem e semelhança de Deus, é possível imaginar a agitação intelectual causada pela ideia de que a vida na Terra segue um fluxo contínuo de evolução, resultado da competição pela sobrevivência que geração após geração se encarrega de eliminar os menos adaptados? E, pior, pela ideia de que se devia esquecer o sopro divino e admitir que a espécie humana pertence à ordem de primatas como chimpanzés, micos ou gorilas?

Darwin era um observador tão criterioso e as conclusões que tirou foram tão primorosas, que os avanços científicos dos últimos 150 anos só fizeram comprovar o acerto de suas ideias. Da anatomia dos dinossauros ao capricho microscópico das proteínas que se dobram dentro de nossas células, todos os fenômenos biológicos obedecem à lei da seleção natural.

Na verdade, Charles Darwin e Alfred Wallace, trabalhando independentemente, descobriram um mecanismo universal, uma lei que rege não apenas a vida entre nós, mas a que porventura exista ou venha a existir em qualquer canto do universo.

Qual a razão para pessoas que aceitam com naturalidade o fato de a Terra girar ao redor do Sol rejeitarem ainda hoje os ensinamentos de Darwin?

Ernst Mayr, considerado "o Darwin do século xx", atribuía essa dificuldade ao desconhecimento de que a teoria de Darwin não é única, mas pode ser decomposta em pelo menos cinco outras:

1. Teoria do ascendente comum

Na viagem às ilhas Galápagos, Darwin verificou que o formato do bico de três espécies de pássaros locais sugeria serem eles descendentes de um mesmo ancestral que habitava o continente. Ciente de que a evolução não cria mecanismos particulares para nenhuma espécie, entendeu que esse ancestral devia descender de outro: "Todas as nossas plantas e animais descendem de algum ser no qual a vida surgiu antes". Nenhuma das teorias de Darwin foi aceita com tanto entusiasmo como esta, porque dava sentido à semelhança entre os seres vivos, à distribuição geográfica de certas espécies e à anatomia comparada. Um século mais tarde, ao demonstrar que os genes das bactérias são quimicamente iguais aos das plantas, dos fungos ou dos vertebrados, a Biologia Molecular ofereceu a prova definitiva de que todos os organismos complexos descendem de seres unicelulares.

2. Teoria da evolução como tal

Segundo ela, o mundo não se encontra em equilíbrio estático, as espécies se transformam no decorrer do tempo. A existência dos fósseis e as diferenças entre o organismo dos dinossauros e o das aves, únicos dinossauros sobreviventes à extinção, ilustram com clareza o que chamamos de evolução das espécies.

3. Gradualismo

As transformações evolucionistas ocorrem gradualmente, nunca aos saltos. Para explicar como as espécies em nossa volta estão muito bem-adaptadas às condições atuais, Darwin encontrou apenas duas alternativas: teriam sido obra da onipotência de um Criador ou evoluído gradualmente conforme um processo lento de adaptação. Optou pela segunda hipótese: "Como a seleção natural age somente através do acúmulo de sucessivas variações favoráveis à sobrevivência, não pode produzir grandes nem súbitas modificações; ela deve exercer sua ação em passos lentos e vagarosos".

4. Teoria da multiplicação das espécies

Calcula-se que existam 5 a 10 milhões de espécies de animais e de 1 a 2 milhões de espécies de plantas. Darwin passou a vida atrás de uma explicação para tamanha biodiversidade, e propôs pela primeira vez o conceito de que a localização geográfica seria responsável pelo surgimento das espécies. Embora mereça esse crédito, Darwin não foi capaz de perceber com clareza a importância do isolamento geográfico no aparecimento de espécies novas. Hoje sabemos que indivíduos isolados por tempo suficiente da população que lhes deu origem podem acumular tantas mutações, que passam a constituir uma espécie nova incapaz de acasalar-se com os ascendentes.

5. Teoria da seleção natural

Foi o conceito filosófico mais revolucionário desde a Grécia antiga. De acordo com Darwin, a seleção natural é resultado da existência da variabilidade genética que assegura não haver dois indivíduos exatamente idênticos, em nenhuma espécie. Como consequência da vida num planeta com recursos limitados, a competição pela sobrevivência se encarregará de eliminar os mais fracos.

A seleção natural varreu o determinismo que desde a Antiguidade dominou a biologia, segundo o qual cada espécie existiria para atender a determinada necessidade. Só então foi possível abandonar interpretações sobrenaturais para explicar o mundo orgânico.

A seleção natural é um mecanismo universal inexorável, alheio a qualquer finalidade, imprevisível como a própria vida.

Novo ano

Quando eu era menino, à meia-noite do 31 de dezembro, entre as explosões dos fogos de artifício, ouviam-se os tiros de revólver que os homens disparavam com a intenção de matar o ano velho. Embora essa prática nefasta causasse vítimas de balas perdidas, ela refletia como nenhuma outra o impacto que a chegada do próximo ano provoca no espírito humano: destruir o velho, para saudar o novo.

Sempre que o fim de dezembro se avizinha, sou invadido pela certeza de que minha vida será ainda melhor. Sei que se trata de um pensamento mágico, mas me aproprio dele para experimentar a sensação de felicidade que a esperança traz.

Então, faço planos para estudar mais, dedicar mais tempo à família e aos amigos, escrever livros, criar bons textos, correr maratonas, ler obras que me transformarão, subir e descer o rio Negro muitas vezes e ouvir as histórias dos ribeirinhos, além de me tornar menos neurótico, reconciliado com os conflitos internos.

Tenho consciência de que o conjunto de afazeres necessários para atingir esses objetivos é vasto, mas não me acovardo diante deles. Em minha imaginação, conseguirei cumpri-los; na pior das hipóteses, uma ou outra demanda ficará para trás, incompleta.

Como tenho feito nos últimos tempos, em dezembro do ano que agora começa submeterei as realizações e os fracassos nele ocorridos a um balanço geral, cujo formato aprendi com uma amiga que casou quatro vezes.

Dizia ela que, em caso de dúvida sobre continuar casada ou separar-se, dividia uma folha de papel em duas partes. Numa escrevia as vantagens do relacionamento e as qualidades do marido; na outra, as desvantagens e os defeitos. Durante meses anotava na coluna correspondente tudo o que lhe vinha à cabeça a respeito do outro: dos traços da personalidade ao gosto musical, do grau de honestidade à bagunça com as roupas, das atitudes generosas às manifestações de egoísmo.

Quando se achava preparada para tomar a decisão, fazia a soma aritmética de cada coluna. Se o número de qualidades e vantagens fosse maior, continuava casada; caso contrário, tudo acabado. Não atribuía pesos distintos aos itens relacionados em cada lista, a grandeza de caráter valia tanto quanto o desleixo com o tubo de pasta de dentes, a infidelidade conjugal tanto quanto o bom gosto para gravatas ou as boas maneiras à mesa. Adotava o método aritmético porque, se o fizesse de outra maneira, ficaria paralisada, sem condições de decidir sobre a importância relativa de cada qualidade ou defeito no cômputo geral.

Sem o rigor sistemático das listagens de minha amiga, quando o fim de ano se aproxima procuro alinhar de um lado o que deu certo e os acontecimentos que me deixaram feliz, do outro as frustrações e os erros que cometi. Depois somo tudo para saber se o ano foi bom.

Adoto o mesmo critério que ela: a soma aritmética. O carro

que comprei pesa tanto quanto a caneta de estimação que perdi; o livro que publiquei não vale mais do que a história lida para minha neta na hora de dormir; as rugas novas em meu rosto valem tanto quanto o olhar tímido da morena de cabelo curto que passou por mim na avenida Paulista. O escore final, resultado da diferença numérica entre as duas colunas, é que define o quanto foi bom ou mau o ano que termina.

O inconveniente desse método é que me obriga a traçar planos ambiciosos para o ano seguinte, utópicos até, porque o tempo impõe limites às tarefas que um homem consegue realizar nas 24 horas de cada dia. Não tem importância, prefiro acreditar que o próximo ano me trará momentos de felicidade jamais vividos, e que porei em prática as ideias mais mirabolantes que me ocorrerem, a imaginar a situação contrária: o ano preenchido pela repetição rotineira.

O único problema é que o número de desafios que me disponho a enfrentar para no fim de tudo obter um escore favorável às vezes cansa. Chego a invejar o equilíbrio psicológico daqueles que levam vidas mais contemplativas, em lugares remotos, como o caboclo que vi ao longe, sentado sozinho num tronco à beira do rio Negro, às seis da manhã.

Ao encontrá-lo na mesma posição duas horas mais tarde, perguntei o que fazia ali.

"Estou sentado", respondeu.

Bem-vinda

Minha neta acabou de nascer. Não é a primeira, tive outra há cinco anos: uma menina de bons modos e olhar atento que encanta a família inteira.

Curiosa a experiência de ser avô, perceber que a espiral da vida dá uma volta completa; a primeira que independe de nossa participação. Sim, porque até o nascimento de um neto os acontecimentos biológicos de alguma forma dependeram de ações praticadas por nós: nossos filhos só existem porque os concebemos, os fatos que constituíram a história de nossas vidas apenas ocorreram porque estávamos por perto; mesmo nossos pais só se transformaram em figuras carregadas de significado porque nos deram à luz. Os netos, em oposição, vêm ao mundo como consequência de decisões alheias, nasceriam igualmente se já nos tivéssemos ido.

A ideia de nos tornarmos seres biologicamente descartáveis é incômoda, porque nos confronta com a transitoriedade da existência humana: viemos do nada e ao pó retornaremos, como rezam os ensinamentos antigos. Por outro lado, liberta-nos do compromisso de transmitir às gerações futuras os genes que herdamos das que nos precederam, força da natureza que reduz a essência da vida na Terra (e em qualquer outro planeta) ao eterno "crescei, competi e multiplicai-vos", como ensinaram Alfred Wallace e Charles Darwin.

A sensação de que nos livramos dessa incumbência biológica, entretanto, não nos torna imunes ao ensejo de proteger os filhos de nossos filhos como se fossem extensões de nós mesmos. Somos impelidos a fazê-lo, não por senso de responsabilidade familiar ou normas de procedimento ditadas por imposições sociais, mas por ímpetos instintivos irresistíveis.

Os biólogos evolucionistas afirmam que a seleção natural privilegiou nas crianças uma estratégia de sobrevivência imbatível: a beleza. Fossem feias e repugnantes, não aguentaríamos o trabalho que nos dão, porque, enquanto cavalos e bezerros ensaiam os primeiros passos ao ser expulsos do útero materno, filhotes de primatas como nós são dependentes de cuidados intensivos por anos a fio.

Dizem também os biólogos que o amor dos avós conferiu maior chance de sobrevivência aos bebês que tiveram a sorte de contar com ele, motivo pelo qual esse sentimento teria persistido em nossa espécie. Por razões semelhantes, eles explicam as vantagens evolutivas conferidas pela menopausa, fase em que a mulher já infértil reúne experiência e disponibilidade para ajudar os filhos a cuidar da prole.

Sejam quais forem as raízes biológicas, o fato é que caímos de quatro diante dos netos. Por mais voluntariosos, mal-educados, egoístas, temperamentais e pouco criativos que os outros os julguem, para nós serão lindos, espertos, de boa índole e, sobretudo, inteligentes como nenhuma outra criança.

Anos atrás, surpreendi um amigo no telefone perguntando ao neto como fazia o boizinho do sítio em que o menino de dois anos estava. A cada "buu" que ouvia, meu amigo ria de perder o fôlego. Ante o riso exagerado, quis saber como reagiria quando a criança relinchasse. "Você verá quando for avô", respondeu.

Tinha razão. Os netos surgem em nossas vidas quando estamos mais maduros, menos preocupados em nos afirmar, mais seletivos afetivamente, desinteressados de pessoas que não demonstram interesse por nós, libertos da ditadura que o sexo nos impõe na adolescência e cientes de que já não dispomos de uma vida inteira para corrigir erros cometidos, ilusão causadora de tantos desencontros no passado.

A aceitação de que não temos pela frente todo o tempo do mundo cria o desejo de nos concentrarmos no essencial, em busca do máximo de felicidade que pudermos obter no futuro imediato. A inquietude da inexperiência e os desmandos gerados por ela dão lugar à procura da serenidade.

Fase inigualável da vida, em que abandonamos compromissos sociais para brincar feito crianças com os netos, sem nos acharmos ridículos. Ajoelhar para que montem em nossas costas, virar monstros, onças ou dinossauros em obediência ao que lhes dita a imaginação aventureira, preparar-lhes o jantar que não comerão, assistir aos desenhos animados da TV, ler histórias na cama quando estão entregues, beijar-lhes o rosto macio, sentir-lhes o cheiro do cabelo e a respiração profunda ao caírem no sono.

Imagens de Mianmar

Nunca tinha visto remar com a perna. O remador em pé na popa da canoa segura a ponta superior do remo com a mão direita, passa a perna direita em volta dele, e com movimentos de vaivém empurra com o pé a pá do remo para dentro e para fora da água. O braço esquerdo fica no ar para dar equilíbrio ao corpo.

A silhueta desses pescadores nas canoas vestidos com *longyis*, panos compridos que caem até os tornozelos e ficam presos à cintura por um nó duplo, é a imagem mais característica dos habitantes do lago Inle, situado no leste de Mianmar, país anteriormente conhecido como Birmânia e que faz fronteira com China, Laos e Tailândia, de um lado; Bangladesh e Índia, do outro.

Mianmar tem cerca de 47 milhões de habitantes, 70% dos quais em zona rural. Desde 1962, é governado por militares célebres por haver dispersado a tiros uma manifestação pacífica de monges budistas em 2007, entre outros desmandos. Apesar de rica em recursos naturais, é uma das nações mais pobres da Ásia: renda per capita, 1900 dólares anuais. Cerca de um terço da população vive com menos de um dólar por dia, mas os índices de analfabetismo não ultrapassam 2% a 5%.

No interior, há comunidades inteiras em casas de palha que vão para os ares à primeira ventania (como aconteceu em 2008, quando o ciclone Nargis deixou 2 milhões de desabrigados), carros de boi carregados de potes de água colhida em poços distantes, micro-ônibus caindo aos pedaços atulhados de gente até no teto, mulheres com balaio na cabeça e saco de lenha nas costas, bois atados a pilões para esmagar amendoim e dele retirar o óleo, galinhas e porcos em liberdade, cachorros esquálidos que comem até casca de banana, poeira para todos os lados, calor tropical e crianças em profusão. Crianças que sorriem e dão adeus ao viajante quando passa.

Energia elétrica é luxo desconhecido nesses povoados. Em muitas cidades ela faz visitas apressadas apenas à tarde. Mesmo em Yangon, antiga capital, com 5 milhões de habitantes, é fornecida em períodos de seis horas separados por outras seis de escuridão. Teoricamente, porque nunca se sabe se retornará no horário previsto.

A falta de luz torna as geladeiras domésticas objetos decorativos e obriga a ir às compras todos os dias.

A diversidade humana é a maior riqueza do país. Oficialmente, os mianmarenses são divididos em oito grupos étnicos, subdivididos em pelo menos 67 subgrupos. Os burmeses constituem quase 70% da população, detêm o poder e dominam a burocracia estatal. Como seria de prever, existe tensão em áreas povoadas por minorias étnicas, algumas das quais formaram exércitos de libertação que controlam regiões montanhosas de difícil acesso.

Embora estejam presentes os jeans e as imitações baratas de uniformes militares, o isolamento impediu que a moda em Mianmar fosse contaminada pela massificação ocidental; os *longyis* escuros vestidos pelos homens variam de uma região para outra, os turbantes e as saias estampadas, multicoloridas, das mulheres, também.

Na cidade ou no campo, elas não saem de casa sem aplicar, nas maçãs do rosto, *tanaka*, pasta amarelada que se obtém ralando numa pedra a casca de uma árvore. Os desenhos são diversificados, em geral retangulares, alguns com riscos paralelos, outros pontilhados, outros, ainda, com forma de flores que eventualmente chegam à testa e descem pelo nariz. Não existe nada semelhante no universo feminino ocidental.

Trabalham mais do que os homens, mas beleza não lhes falta. Na juventude, têm os olhos puxados na medida exata para expor-lhes a timidez sensual do olhar oblíquo; na velhice, o rosto vincado da avó em cujo colo qualquer um de nós gostaria de deitar a cabeça.

Entre os mianmarenses, a pobreza não está ligada à violência. É desconhecida para nós a sensação de andar pelas feiras ao ar livre em meio a pessoas de olhar desarmado, ouvindo vozes que apregoam mercadorias expostas no chão: sacos de arroz, legumes de formas bizarras, tangerinas miúdas, peixes recém-pescados, galinhas vivas, esteiras, cestos de palha, pimentas de todas as cores e outras especiarias que despertaram a cobiça dos colonizadores europeus.

Em contraste com o progresso vertiginoso de Cingapura, China, Coreia e outros vizinhos, Mianmar dá ao viajante uma ideia de como viviam os asiáticos cem anos atrás.

Procedimentos medievais

Quando seu Manoel disse que seria submetido a uma biópsia de próstata, alertei-o para não aceitar o exame sem anestesia. Que falasse com o médico antes do procedimento, mostrasse estar informado de que se tratava de uma intervenção dolorida e não se deixasse convencer do contrário.

O conselho foi de pouca valia. O jovem médico que o atendeu explicou que o convênio dava direito à biópsia, mas não à sedação. Se fizesse questão de recebê-la, teria que pagar por ela; gasto inútil, a seu ver, porque seriam apenas algumas "picadinhas" com uma agulha introduzida por via retal. Coisa à toa. Em seguida, poderia voltar para casa, sem necessidade de permanecer na clínica até acabar o efeito da anestesia.

Dias mais tarde, seu Manoel lamentaria:

— Cada vez que o aparelho disparava a agulha, parecia que o diabo me cutucava com um tridente em brasa. Nunca senti dor tão fina e profunda, só não gritei porque fiquei envergonhado. Foram doze estocadas, nas últimas ainda tomei bronca porque não consegui ficar sem me mexer.

Quando o exame terminou, ele vestiu a roupa e saiu da clínica rumo ao ponto de ônibus:

— Encostei num poste e fechei os olhos para passar a tontura. Não sei o que era pior, a dor ou a humilhação.

Essa história foi contada na mesa de um bar, numa reunião com um grupo de carcereiros do antigo Carandiru, encontro que repetimos a cada duas ou três semanas, há muitos anos. Dos homens ali presentes, outros dois haviam passado pelo mesmo suplício, depois de cair na conversa das "picadinhas" e da "dorzinha".

No caso de um deles, ex-diretor do pavilhão dos reincidentes, o médico teve a boa vontade de pedir ao convênio que autorizasse a anestesia, mas o pedido foi negado. Segundo o ex-diretor, a negativa ocorreu por causa dos termos em que a solicitação foi redigida:

— Imagine que ele justificou a necessidade de anestesia dizendo que era para "dar conforto ao paciente". Conforto? Ele devia ter dito que era para evitar aquela dor horrível cada vez que a agulha me beliscava por dentro. Pegou até mal para mim, ele dizer que eu ia levar no rabo e ainda fazia questão de conforto.

Daí em diante, a conversa enveredou para o questionamento da masculinidade de cada um dos presentes, tema recorrente entre homens reunidos em mesas de bar.

Na história da humanidade, resistir à dor sempre foi apreciado como ato de heroísmo: o soldado no campo de batalha com a perna amputada, a mulher em trabalho de parto sem dar um gemido, a criança imóvel enquanto lhe arrancavam as amígdalas, despertavam respeito e admiração geral. Para os mais religiosos, sofrer purificava as almas pecadoras.

Antes da descoberta da anestesia, é compreensível que a medicina desse ouvidos a essa ideologia estúpida de valorização do sofrimento. Diante da dor, o que podia dizer o médico além de recomendar coragem, determinação e bolsa de água quente?

Mas conviver com a dor na prática diária em pleno século XXI, sem fazer uso da melhor tecnologia para aliviá-la, é voltar aos tempos medievais. Dispomos de analgésicos potentes e de anestésicos de ação rápida que permitem acordar o enfermo imediatamente após a intervenção. Se é considerado desumano o profissional que deixa de medicar uma pessoa com dor, qual a justificativa para submetermos alguém a um procedimento que irá provocá-la sem tomarmos as devidas precauções?

Aceitar passivamente que os culpados são os convênios que se recusam a cobrir os gastos com anestésicos e sedativos é compactuar com a defesa de interesses financeiros às custas do sofrimento alheio. Para ficar no exemplo das biópsias de próstata: se nós nos recusarmos terminantemente a realizá-las sem sedação, o impasse será resolvido.

Esse problema não é exclusivo da medicina brasileira. Biópsias de próstata sem anestesia são realizadas todos os dias em alguns dos melhores centros americanos e europeus, com a mesma justificativa: "Dá para suportar!".

"Dá para suportar" quer dizer exatamente o quê? Que ninguém morre de dor?

Se nossos conselhos regionais considerarem comportamento antiético indicar intervenções como essa a sangue-frio, e punirem os profissionais e as instituições que insistirem na sua realização, teremos dado um passo importante para tornar mais humana a prática da medicina, profissão que tem como finalidade aliviar o sofrimento dos seres humanos.

A intuição da minha avó

Se tivéssemos que pensar em cada ato para decidir se valeria a pena executá-lo, passaríamos a vida sem fazer nada. Por sorte, existem mecanismos adaptativos inconscientes que nos permitem tomar decisões rápidas, enquanto nosso cérebro está entretido no exercício de funções mais nobres. Parte significativa da mente humana opera em modo automático, fora do alcance da percepção. Sem essa atividade silenciosa, teria sido impossível a sobrevivência de nossos ancestrais, obrigados a tomar decisões rápidas para obter alimentos, defender-se das feras, proteger as crianças e livrar-se de inimigos agressivos.

Como consequência desse longo processo evolutivo, tantas vezes encontramos dificuldade para explicar por que agimos de determinada maneira. A incapacidade de observar nossa mente enquanto executa suas mil e uma atividades nos torna estranhos a nós mesmos.

Na verdade, não temos consciência de nossa própria inconsciência.

Por isso, quando convidados a explicar nossas reações, quase nunca respondemos "Não tenho a menor ideia". Ao contrário, vamos atrás de argumentos que façam sentido para justificá-las.

Num estudo publicado em 2005, pesquisadores suecos mostraram fotografias de duas mulheres a um grupo de homens. Cada um devia apontar a mulher que mais o atraía. Num segundo tempo, mostraram novamente as fotos e pediram a eles que explicassem a razão da escolha. Para alguns, foi exibida a foto que realmente haviam selecionado; para outros, a da mulher que tinham considerado menos atraente.

Para surpresa geral, apenas um em cada quatro participantes percebeu estar diante da foto que não selecionara. Os demais justificaram com argumentos lógicos a razão da preferência. Os pesquisadores não encontraram diferenças significativas entre os motivos apresentados pelos que analisaram a foto que haviam escolhido e os apresentados pelos que avaliaram a foto que não escolheram.

A Psicologia clássica considera que, em qualquer tomada de decisão, as informações disponíveis seriam processadas numa fase de deliberação, com a finalidade de selecionar a opção mais sensata. Psicólogos da Universidade de Pádua, na Itália, publicaram na revista *Science* um estudo que contesta essa hipótese.

Para avaliar os mecanismos envolvidos nas tomadas de decisão, os autores estudaram as diferenças existentes entre as associações mentais automáticas e os conceitos elaborados de forma consciente diante de um mesmo fato: estar a favor da controversa ampliação de uma base militar americana na cidade de Vicenza ou contra ela.

Associações mentais automáticas foram definidas como aquelas que vêm à mente sem haver intenção, que são difíceis de controlar, e que podem ocorrer sem que tenhamos consciência delas.

Com a ajuda da informática, os autores avaliaram as diferenças entre as atitudes associadas ao automatismo e aquelas tomadas como fruto do pensamento racional, elaborado nos domínios do consciente.

Os resultados revelaram a existência de divergências entre os indivíduos que de início se declararam a favor da ampliação ou contra ela e os outros, indecisos.

A aplicação dos testes de associações mentais automáticas entre os indecisos deixou claro ser possível antecipar a decisão que tomariam no final. O indeciso já sabe o que fará, mesmo que se considere conscientemente confuso e incapaz de decidir.

Imagine, leitor, que você não saiba em quem votar, A ou B, numa eleição que ocorrerá dentro de dois meses. Você ficará atento a tudo o que for dito e escrito a respeito de cada um dos candidatos. Depois de dois meses de análise crítica, você decidirá que o candidato B merece seu voto.

Você concluirá que a opção foi mediada por mecanismos racionais, conscientes. Errado, dizem os novos estudos. Se você tivesse sido submetido a testes de associação automática dois meses antes, já seria possível prever que seu voto iria para B.

E quanto aos argumentos pró ou contra cada candidato avaliados com tanto rigor? Só serviram para justificar de forma lógica uma preferência já definida por processos mentais automáticos, dependentes do repertório de suas vivências anteriores.

Associações mentais automáticas têm o poder de distorcer as informações novas, de modo que estas se adaptem à escolha já realizada.

Não seria isso que minha avó chamava de intuição?

O sexo frágil

Fico admirado com a onipotência masculina.

Quando pequenos nos ensinaram que homem não chora, que Deus nos criou corajosos com a finalidade de protegermos as mulheres, coitadas, seres frágeis prestes a esvair-se em lágrimas à menor comoção. Como sobreviveriam elas não fosse a nossa existência?

Por acreditar cegamente nesses ensinamentos, assumimos o papel de legítimos representantes do sexo forte, mesmo que as evidências nos desmintam desde a mais tenra infância.

Não é exagero, leitor. As meninas começam a falar muito antes. Aos dois anos já constroem frases com sujeito e predicado, enquanto nessa idade mal conseguimos balbuciar meia dúzia de palavras que só a mamãe compreende.

Você dirá que somos mais ágeis e mais orientados espacialmente. E daí? Qual a vantagem de virar cambalhota e plantar bananeira?

O desenvolvimento intelectual delas é tão mais precoce, que

alguns neuropediatras consideram injusto colocar meninos e meninas de sete anos na mesma sala de aula: deveríamos ficar um ano para trás.

Na puberdade, elas viram mocinhas de formas e gestos graciosos. Nós nos transformamos em quimeras desengonçadas, metade criança, metade homem, com penugem no lugar do bigode, espinhas em vez de barba, voz em falsete e loucura por futebol. Não é à toa que as adolescentes suspiram pelos rapazes mais velhos e nem se dignam olhar para nossa cara quando nos derretemos diante delas.

No casamento fazem de nós gato e sapato. Podemos estar cobertos de razão, gritar, espernear e esbravejar que no fim a vontade delas prevalecerá. É guerra perdida. São donas de uma arma irresistível: a tenacidade para repetir cem vezes a mesma ladainha. Com o passar dos anos aprendemos a fazer logo o que elas querem; sai mais em conta. Nós nos cansamos e desistimos de reivindicar um direito, elas jamais.

Faça um teste. Combine com um amigo um jantar com as esposas sem falar com elas. A chance de dar certo é zero. Agora inverta, as duas mulheres marcam uma noite para o tal jantar sem avisá-los. Você chega em casa louco para vestir o bermudão e ver seu time na TV. Qual a probabilidade de a televisão passar a noite desligada?

Você dirá que pelo menos somos mais saudáveis, enquanto elas vivem cheias de achaques. De fato, nas mulheres a cabeça dói, o útero incomoda e o intestino não funciona, mas as desvantagens acabam aí.

Durante o desenvolvimento embrionário, para construirmos ossos mais robustos e músculos mais potentes, desviamos parte da energia que seria utilizada para fortalecer o sistema imunológico. Por essa razão, em todas as sociedades o homem está mais sujeito a processos infecciosos graves.

No Brasil, arcamos com mais de 60% da mortalidade geral. A cada três pessoas que perdem a vida, duas são do sexo masculino.

Os ataques cardíacos vêm em primeiro lugar. Começamos a correr risco a partir dos 45 anos; as mulheres, só ao atingir a menopausa. Depois vêm os derrames cerebrais, seguidos pelos homicídios. Essa distribuição se repete em todas as regiões do país.

Fumamos e bebemos muito mais. Perto de 90% dos óbitos por acidentes de trânsito, quedas e afogamentos causados pelo abuso de álcool ocorrem entre nós.

Somos mais sedentários e desleixados com a saúde. Tratamos o corpo a pontapé e fugimos dos exames preventivos como o diabo da cruz. Ir ao médico? Só quando chegarmos às últimas ou se for para ficarmos livres da insistência das mulheres que nos cercam.

Em condições sociais comparáveis, mulheres vivem mais do que homens em todos os países do mundo. No Brasil, nossas vidas duram em média 7,6 anos menos. A longevidade feminina é visível: compare o número de viúvas com o de viúvos que você conhece.

Ao perder a companheira, o homem de idade fica desamparado. Se não casar imediatamente e não tiver filhas ou irmãs por perto, estará perdido — é incapaz de pregar um botão ou fritar um ovo. Na situação contrária, a mulher poderá sofrer, sentir falta, mas cuidará sem dificuldade da rotina doméstica.

Morreremos mais cedo e deixaremos nossas economias. Livres da repressão machista e do trabalho que lhes dávamos, elas terão 7,6 anos para fazer excursões turísticas e lotar vans para ir a shoppings e teatros, animadas e conversadeiras. Para muitas, não será fácil esconder o ar de felicidade plena.

ESTA OBRA FOI COMPOSTA POR 2 ESTÚDIO GRÁFICO EM MINION
E IMPRESSA PELA RR DONNELLEY EM OFSETE SOBRE PAPEL
PÓLEN SOFT DA SUZANO PAPEL E CELULOSE PARA A
EDITORA SCHWARCZ EM JULHO DE 2010